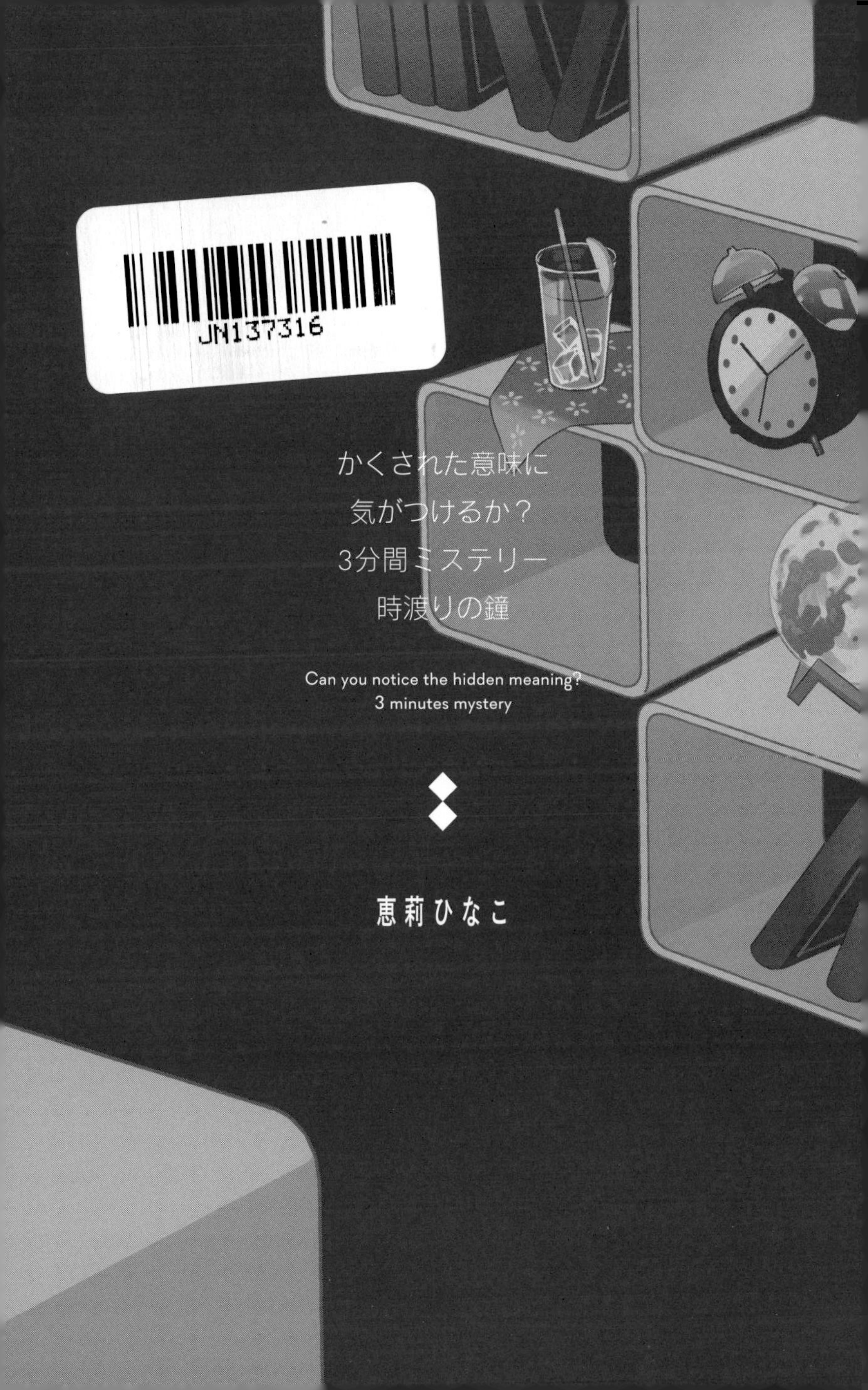

かくされた意味に気がつけるか？3分間ミステリー 時渡りの鐘

Can you notice the hidden meaning?
3 minutes mystery

恵莉ひなこ

目次

Contents

Can you notice the hidden meaning? 3 minutes mystery

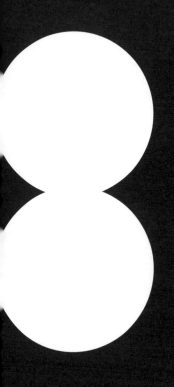

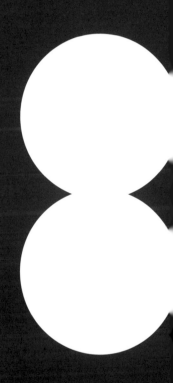

Episode

涙《なみだ》の理由

私《わたし》は、一冊《さつ》の本を手にうっとりしていた。
この本をどうやって手に入れたのかはおぼえていない。
だけど私《わたし》は、ページをめくらなくても本の内容《ないよう》を知っていた。
これは、たったの数分で読める短い物語が、たくさん入った本だ。

カバーには本を読む制服《せいふく》の少女が描《えが》かれている。
少女の髪《かみ》は夜空色《よぞらいろ》で、よく見れば冬のように澄《す》んだ空色も混《ま》じっていた。
胸元《むなもと》のスカーフは、オーロラのような色合いでとてもきれいだ。
本のタイトルはあざやかなグリーンと白でいろどられていて、よく目立つ。
著者《ちょしゃ》として載《の》っているのは、私《わたし》の名前だ。

私《わたし》はあふれそうなよろこびとともに、本を抱《だ》きしめる。
（やった！　やったぞ！　もうだめだと何回も思ったけど、なんとかなった！）
（私《わたし》が考えた物語が、ここにはたくさん載《の》って……）
（……ん？　私《わたし》が、たくさんの物語を考えた……？）

そこで私《わたし》は、おそろしい事実に気がついてしまった。
どうりで、この本をどうやって手に入れたのかおぼえていないはずだ。
私《わたし》は、今度は大声をあげながら泣《な》きだした。

○『涙《なみだ》の理由』にかくされた意味

とてもよろこんでいたはずなのに、涙《なみだ》で終わってしまいましたね。
どうやら「私《わたし》」は、あなたが今手に持っている本の著者《ちょしゃ》のようです。
ようやくできあがった本を見て、最初《さいしょ》は感動していました。
ところが、そのうち気づいてしまったのです。
この本に載《の》るほどたくさんの物語を、自分が考えた記憶《きおく》がちっともないことに。
つまりこれは「私《わたし》」が見ている夢《ゆめ》なのです。
目が覚《さ》めれば、そこにはまったく進んでいない原稿《げんこう》があるはずです。
そのことに気づいた「私《わたし》」は、絶望《ぜつぼう》のあまり泣《な》きだしてしまいました。

Episode

プリンセスになりたくて

プリンセスって、とってもステキだと思わない？

ひらひらしたドレスに、きらきらかがやくティアラ。

王子様と手をとりあって、かれいなステップをふんでダンスをおどるの。

やがて王子様はひざまずいて、こう言うんだわ。

「あなたを愛《あい》しています。どうか、僕《ぼく》と結婚《けっこん》してください」

ああ、なんてロマンチックなのかしら！

あたしもプリンセスになりたいなあ。

シンデレラみたいに、お城《しろ》の舞踏会《ぶとうかい》で王子様と出会えたらいいのに！

そんなことを放課後《ほうかご》の帰り道で考えていたら、気になる言葉が耳に飛《と》びこんできた。

「……ぶとうかい……夕方五時から……」

「ドレスコードは、仮面《かめん》……」

男の人がふたりで、ぼそぼそとそんなことを話していたの。

舞踏会《ぶとうかい》に、ドレス！

耳をすませてみたら、今日の夕方五時からそんなイベントがあるんだって。

あたしもう、大興奮《だいこうふん》して家に走って帰ったわ。

ドレスなら誕生日《たんじょうび》に買ってもらった、ひらひらしたお洋服があるの。

くるりと回るとすそがふわっと広がって、とってもステキなんだから。

それを引っ張《ぱ》りだしてから、男の人たちが仮面《かめん》って言ってたのが気になって、調べてみることにした。

ランドセルに入れてたタブレットで、検索《けんさく》してみる。

すると、「仮面舞踏会《かめんぶとうかい》」という言葉が出てきた。

仮面《かめん》をつけて、素顔《すがお》がどんな人だかわからない状態《じょうたい》で行う舞踏会《ぶとうかい》なんだって。

ということは、招待《しょうたい》されてないあたしでも、まぎれこめるかもしれないってこと！

あたしは急いで、縁日《えんにち》で買ってもらったお面も引っ張《ぱ》りだしてくる。

これで準備《じゅんび》は完《かん》ぺき。

あたしは今から、仮面舞踏会《かめんぶとうかい》で王子様に出会うプリンセスになるのよ！

夕方五時。

仮面舞踏会《かめんぶとうかい》の会場に入ったあたしは、あまりの光景《こうけい》にへたりこんでしまった。

そこには王子様どころか、あたしみたいにドレスを着てお面をかぶってる人すらいなかった。

いたのは、ほとんど裸《はだか》で殴《なぐ》りあってる、筋肉《きんにく》モリモリの男の人たちだった！

○『プリンセスになりたくて』にかくされた意味

着飾《きかざ》って仮面舞踏会《かめんぶとうかい》に向かったのに、会場にいたのはほとんど裸《はだか》で殴《なぐ》りあっている筋肉《きんにく》モリモリの男たちでした。

どうして、こんなことになってしまったのでしょう。

もしかして、王子様や出席者《しゅっせきしゃ》たちがケンカしていたのでしょうか？

いいえ、ちがうのです。

この集まりは、そもそも仮面舞踏会《かめんぶとうかい》ではありません。

仮面《かめん》――マスクをつけた者たちが集まってプロレスをする、「仮面武闘会《かめんぶとうかい》」というイベントでした。

ちなみにドレスコードとは、その場にふさわしい格好《かっこう》を定めたルールという意味です。

仮面武闘会《かめんぶとうかい》のドレスコードは、マスクをつけていること。

殴《なぐ》りあっている筋肉《きんにく》モリモリの男の人たちは、マスクマンと呼《よ》ばれる、マスクをつけたプロレスラーだったのです。

Episode 赤ずきん〜現代《げん》代《だい》版《ばん》〜

放課後《ほうかご》のことだ。

帰宅《きたく》した花音《かのん》は、お母さんがこまった顔をしていることに気がついた。

理由を聞くと、歩いて十五分ほど離《はな》れたところに住んでいるおばあちゃんが、何日かカゼをひいて寝《ね》こんでいて、食べるものにこまっているらしい。

だから食べるものを持ってきてとたのまれたけれど、お母さんはこれからパート仕事があるから、すぐには行けないというのだ。

「それなら、わたしが行く！」

花音《かのん》は張《は》りきって言った。

おばあちゃんの家なら、家族で何度も行ったことがある。

道はすっかりおぼえているし、今から行けば明るいうちに行って帰ってくることもできるだろう。

「でも、ひとりで行かせるのはね……」

お母さんは心配そうにするけれど、花音《かのん》は自信《じしん》まんまんだ。

もう小学四年生の花音《かのん》は、習いごとにもひとりで行けるようになった。

おばあちゃんの家だって、問題はないはずなのだ。

「……そうね。じゃあ、これをおばあちゃんに持っていってくれる？」

花音《かのん》の説得《せっとく》にうなずいたお母さんは、エコバッグを差《さ》しだした。

中には、昨日《きのう》のおかずや、レトルトのおかゆ、缶詰《かんづめ》や果物《くだもの》などが入っている。

家の中からお母さんがかき集めたらしい。

「それじゃ、おばあちゃんには花音《かのん》が向かうって連絡《れんらく》をしておくから。きちんと鍵《かぎ》をしめて行くのよ」

お母さんはランドセルから鍵《かぎ》とボタンを取り外してエコバッグにつけ直すと、あわただしく家を出て行った。

最後《さいご》に日よけの帽子《ぼうし》をかぶった花音《かのん》は、ふと思う。

（なんだかこれって、赤ずきんのお話みたい）

赤ずきんも、ひとりでおばあちゃんのお見舞《みま》いに行く話だ。

そういえば、今かぶった帽子《ぼうし》は、赤いリボンがよく目立つ。

（わたし、現代《げんだい》の赤ずきんってかんじじゃない？）

花音《かのん》は自分の思いつきにちょっと笑《わら》いながら、きちんと鍵《かぎ》をしめて家を出た。


ところが、この思いつきは、現実《げんじつ》のものとなってしまったのかもしれない。

おばあちゃんの家まであと百メートルというところで、花音《かのん》の前に怪《あや》しい男が現《あらわ》れた。

「おじょうちゃん、ひとりかい？　どこに行くの？」

サングラスにマスク姿《すがた》の男は、現代《げんだい》のオオカミといったところだろうか。

「あっちにキレイな花が咲《さ》いてるんだけど、見に行かない？」

じりじりと近づいてきた男に、花音《かのん》は怖《こわ》くなってしまい、足がすくんでしまった。

さけぼうと思ったのに、声をあげることもできない。

ただ、かろうじて動いた指にほんの少し力を入れる。

その瞬間《しゅんかん》、怪《あや》しい男は一目散《いちもくさん》に走り去ったのだった。

○『赤ずきん〜現代版《げんだいばん》〜』にかくされた意味

花音《かのん》がぶじで、何よりでした。

さて、怪《あや》しい男はどうして、花音《かのん》が指に力を入れただけで逃《に》げだしたのでしょう？

その答えは、お母さんがランドセルから取り外して、エコバッグにつけ直したボタンにありました。

これは、ボタンを押《お》すと大きな音が鳴り響《ひび》くタイプの、防犯《ぼうはん》ブザーだったのです。

現代《げんだい》の小学生は、物語の赤ずきんのように、簡単《かんたん》に見知らぬ人にだまされたりしないようですね。

Episode

すてきな回答

小学三年生になると、社会の授業《じゅぎょう》が始まる。

先生は、三年生になったばかりの生徒《せいと》たちに、人数分のプリントを配った。

「今度、みんなで街《まち》の調査《ちょうさ》に行きます。街《まち》にはどんな場所やお仕事があるのか、調べてもらいたいと思います」

わあ、と教室のあちこちから、うれしそうな声があがる。

生徒《せいと》たちはみんな、教室を飛《と》びだして外へ行くのが楽しみなのだ。

「みなさんは、どこへ調べに行きたいですか？　アンケートをとるので、第三希望《きぼう》まで書いて提出《ていしゅつ》してください」

そこでみんなは、いっせいにアンケートを書きはじめた。

時間がたつと先生がアンケート用紙を回収《かいしゅう》して、内容《ないよう》を確認《かくにん》していく。

アンケートの答えは、いろいろなものがあった。

消防署《しょうぼうしょ》に行って、消防訓練《しょうぼうくんれん》を見学してみたい。

中学校に行って、どんな授業《じゅぎょう》があるのか調べてみたい。

パン屋さんに行って、パンの作りかたをおぼえたい。


「……おや？」

先生はふと、一枚《まい》のアンケートに目をとめた。

そこには、落書きとしか思えないものが書かれていたのだ。


『第一希望《きぼう》』の欄《らん》には、大きなバツ印《じるし》。

『第二希望《きぼう》』の欄《らん》には、二重丸。

『第三希望《きぼう》』の欄《らん》には、開いた本の絵。


アンケート用紙を見て、先生は少しの間考えこんだ。

それから教室内を見渡《みわた》して言った。

「このアンケートを書いた人は、だれですか？」

「はい！」

手をあげたのは、一年生のときからイタズラっ子として有名な、オサムくんだった。

他の子たちは、またオサムくんが怒《おこ》られると思って、ちょっと緊張《きんちょう》してしまう。

ところが先生は、オサムくんを見るとうれしそうに笑《わら》った。

「とてもすてきな回答ですね」

「あれ、すごいな。先生、気づいたんだ？」

「もちろんです。それではオサムくんは、交番に行ってくださいね」

先生の衝撃的《しょうげきてき》な発言に、みんながシーンと静《しず》まり返る。

オサムくんを交番に連《つ》れて行くほど、先生は怒《おこ》っているのだろうか？

でも、それにしては、先生もオサムくんもうれしそうに笑《わら》っているけれど。

○『すてきな回答』にかくされた意味

オサムくんが落書きしたアンケートを、先生はほめました。

ですが、交番に行くように言ったということは、やはり怒《おこ》っているのでしょうか？

このあとオサムくんは、交番で警察官《けいさつかん》に怒《おこ》られてしまうのでしょうか？

いいえ、そんなことはありません。

だってオサムくんは、きちんとアンケートに回答しているのですから。

ただし、地図記号を使って。


第一希望《きぼう》の欄《らん》に書かれた大きなバツ印《じるし》は、地図記号に置《お》きかえると「交番」です。

第二希望《きぼう》の二重丸は「市役所」、第三希望《きぼう》の開いた本の絵は「図書館」となります。

地図記号の学習は三年生から始まりますから、三年生になったばかりのオサムくんは、予習をしてきたのですね。

それで先生はうれしくなったようです。

第一希望《きぼう》の交番に行けることになって、オサムくんもよろこんでいます。

ただ実のところ、オサムくんは先生へのイタズラのつもりで地図記号を使ってアンケートに答えました。

先生が落書きだと思いこんで「まじめに答えなさい」と怒《おこ》ったりしたら、「たくさん勉強して答えたのに、ひどい！」とさわいでみせるつもりだったのです。

ところが、先生はきちんと気づいてくれました。

その上、先生があんまりうれしそうにするものですから、オサムくんはまた先生をよろこばせたくなったみたいです。

これをきっかけに、オサムくんのイタズラはひかえめになるかもしれませんね。

Episode

ショック！

健康診断《けんこうしんだん》を受けたら、悪い結果《けっか》が出てしまった。

まゆみはとてもショックで、くわしい検査結果《けんさけっか》をちゃんと聞けなかった。

小学校で毎年受けている健康診断《けんこうしんだん》では、いつもどこも悪くないと言われていたのに。

「まあまあ、そんなに落ちこまないで」

お母さんがまゆみをなぐさめて、休日に買いものへと連《つ》れだしてくれた。

あれこれと試着《しちゃく》をしているうちに、まゆみの気分は少しずつ回復《かいふく》していく。

もともとオシャレが大好《だいす》きだから、ファッションについて考えていると楽しいのだ。

「じゃ、これをお願《ねが》いします」

「かしこまりました。本日このままお使いになりますか？」

「はい、そうします」

今日見た中で一番気に入ったものを買ってもらって、仕あがりまでちょっと待つ。

一時間後、まゆみはいつもよりもっとオシャレな姿《すがた》になっていた。

「コーデを考えるの、もっと楽しくなるかも！」

すっかり機嫌《きげん》を直したまゆみに、お母さんはうれしそうだ。

ふたりはお腹《なか》がへったので、お昼を食べにラーメン屋さんに入った。

まゆみはここの塩《しお》ラーメンが大好《だいす》きだ。

「はい、おまちどう！」

店員さんの元気な声とともに、あつあつのラーメンが出てくる。

「いただきます」

まゆみははしを持って、ラーメンを食べようとする。

ところがその瞬間《しゅんかん》、目の前が真っ白になって何も見えなくなってしまった。

まゆみは悲鳴をあげてしまう。

「助けて！　わたし、目が見えなくなった！」

となりでお母さんが、ラーメンを吹《ふ》きだす音が聞こえた。

『ショック！』にかくされた意味

ラーメンを食べようとしたら、視界《しかい》が真っ白になってしまった。

これは、メガネをしている人なら経験《けいけん》したことがあるのではないでしょうか。あつあつのラーメンに顔を近づけると、湯気でレンズがくもって、一気に何も見えなくなってしまうのです。

まゆみは今日、お母さんと一緒《いっしょ》にはじめてのメガネを買いに行きました。健康診断《けんこうしんだん》で、視力《しりょく》が落ちているという結果《けっか》が出たためです。

オシャレなメガネを買って、これでコーデの幅《はば》が広がると思ったら、目が悪くなったことも、そんなにひどいことではないように感じてきました。

ですが、ラーメンの湯気でレンズがくもることを知らなくて、目が悪くなりすぎて見えなくなったのだと、かんちがいしてしまったのですね。

お母さんはそのようすがおもしろくて、となりで笑《わら》ってしまったようです。

Episode

名前の由来

自分の名前の由来を考える、という宿題が出た。

親に聞くのはだめなんだって。

漢字から想像《そうぞう》してみたり、音の響《ひび》きから考えてみたり、とにかくじっくり考えてみましょうってことらしい。

わたしの名前は美空って書いて、ミクって読む。

美しい空ということは、夕焼《ゆうや》けがきれいな時間に、わたしは生まれたのかもしれない。

それとも、空みたいに美しい子になりますように、って意味かな？

あれこれ考えるのが楽しくて、放課後《ほうかご》の教室で宿題について考えていると――

「……ぜんぜん、わかんない……」

後ろからため息が聞こえてきた。

ふり返ると、マナツちゃんがむずかしい顔をしてる。

「マナツちゃん、どうしたの？」

「ミクちゃん。わたしの名前って、どういう意味があると思う？」

「真夏って書いてマナツって読むってことは、そのままの意味じゃないかな。十二月とか一月とか、暑いときに生まれたのかなって思うよ」

「でもわたし、八月生まれなの」

「ええっ」

マナツちゃんの意外な言葉に、わたしは目を丸くする。

「八月生まれなら、真冬ちゃんのほうがしっくり来るね」

「だから、わからなくて。パパとママ、なんでマナツって名前にしたんだろう」

「ええっと……あ！　夏が好《す》きなんじゃない？　夏みたいに太陽が似《に》あう子になってほしい、なんて気持ちでつけたのかも！」

「うちのパパとママ、暑いの好《す》きじゃないんだよ。もう一生分の夏を経験《けいけん》したって、しょっちゅう言ってるもん」

「あはは。それ、うちのお父さんとお母さんも、よく言うよ」

「べつに、わたしは暑いのあんまり気にならないんだけどな」

マナツちゃんは宿題の紙をバッグに突《つ》っこむと、何かを決意した顔つきになった。

「とにかく、このままだと宿題ができないから、パパとママにヒントだけもらってみる」

「うん、がんばってね！」

教室をかけだしていくマナツちゃんを、わたしは手を振《ふ》って見送った。


翌日《よくじつ》――マナツちゃんはわたしを見ると、宿題の紙をにぎりしめて走ってきた。

「やっぱり、名前の由来わかんない！」

「えー！　ヒントはどうだったの？」

「パパとママは、八月は暑いから真夏なんだよって言うの」

「ええ？　何それ？」

わたしたちは首をかしげてしまう。

だって八月は冬なんだから、暑いわけがないのに。

○『名前の由来』にかくされた意味

八月に生まれたから、真夏と書いてマナツちゃん。

ごく普通《ふつう》の名前の由来に思えますが、どうしてミクとマナツは、納得《なっとく》しなかったのでしょうか。

それは、このふたりが育ったところが、日本ではないからです。

ふたりは日本がある北半球とは反対側《がわ》、南半球のオーストラリアで暮《く》らしています。

両親が日本人なので、日本の名前がついているのですね。

マナツちゃんは八月に日本で生まれたので、真夏と名づけられました。

ですがミクもマナツも、日本で暮《く》らした記憶《きおく》がありません。

だから、北半球と南半球では季節《きせつ》が正反対だということを、知らないのです。

オーストラリアでは八月は冬にあたります。

ふたりがいつか日本にやって来たとき、季節《きせつ》があべこべなことに、とてもおどろくでし

出会いはカフェで

目がさめた私《わたし》は、頭をかかえていた。
頭の中は真っ白だし、それと同じくらいパソコンのデータも真っ白だ。
夢《ゆめ》では私《わたし》の本は完成《かんせい》していたけれど、あれが現実《げんじつ》になるとはとても思えない。
期限《きげん》がせまっているというのに、もう何も思いつかないのだ。
（このままでは、たくさんの人に迷惑《めいわく》がかかってしまう！）
私《わたし》は自分の部屋で、パソコンの画面を見つめて長いこと動かずにいた。
しまいには、仕事用の名前でやっているS《エス》N《エヌ》S《エス》を見たりして、現実逃避《げんじつとうひ》をしてしまう。
そのうち、不意《ふい》に思いついた。
（部屋にこもってたって、何も浮《う》かぶはずがない。こういうときは気分転換《てんかん》だ！）
そうと決めたら、すぐに行動したほうがいい。
私《わたし》はスマホと財布《さいふ》とパソコンをリュックの中に入れ、家を飛《と》びだした。

外はいい天気だった。

(この青空の下なら、何か思いつくかもしれない)

私《わたし》はそう考えて、オープンテラスがあるカフェに入ってみることにした。

外のテーブルでコーヒーを飲みつつ、パソコンに向き合うのだ。

少し離《はな》れたところには中学校が建《た》っていて、部活中らしき生徒《せいと》たちのかけ声が、うっすらと聞こえてくる。

(いい雰囲気《ふんいき》じゃないか! いかにもいいアイディアが浮《う》かんできそうだ!)

私《わたし》はウキウキしながらコーヒーを注文し、にぎわうテラスでパソコンを広げた。

初《はじ》めて来たカフェだけれど、店名入りのオリジナルのコーヒーカップにこだわりが感じられる。

私《わたし》はスマホでコーヒーとパソコンの写真を撮《と》り、仕事用のSNS《エスエヌエス》に載《の》せることにした。

『ステキなカフェでお仕事中!』

熱《あつ》いコーヒーは好《この》みの味で、飲むと気持ちがすっきりする。

これなら期限《きげん》の日に間に合うかもしれない。

だが、そう思ったのはほんのわずかな時間だった。
一時間も経《た》つと、私《わたし》は絶望《ぜつぼう》していた。
頭の中はまた真っ白だ。
パソコンのデータは、ほんの数ページ分しか埋《う》まっていない。
もちろん、それでは全然《ぜんぜん》足りない。
もっとページを増《ふ》やさなければいけないのに、何も浮《う》かばない。
(もうだめだ。無理《むり》だ。おしまいだ!)
観念《かんねん》した私《わたし》が、再《ふたた》び頭をかかえたときだ。
――リーン――
透《す》き通った鐘《かね》のような音が、一回だけ辺《あた》りに響《ひび》き渡《わた》った。
中学校のチャイムだろうかと、顔をあげると……
「見つけたわ」

落ち着いた声とともに、ひとりの少女が向かいのイスに座《すわ》った。

セーラー服に身を包《つつ》んだ、見知らぬ少女だ。

とまどう私《わたし》を見つめて、彼女《かのじょ》は手にしたスマホを軽く振《ふ》ってみせた。

「あなた、小説家《しょうせつか》さんでしょ？」

私《わたし》はあぜんとした。

いったいどうやって、この少女は私《わたし》の正体を知ったのだろう？

○『出会いはカフェで』にかくされた意味

このお話に出てきた「私《わたし》」は、小説家《しょうせつか》でした。

それも、『涙《なみだ》の理由』というお話で、夢《ゆめ》を見ていた小説家《しょうせつか》です。

悩《なや》んでいたり絶望《ぜつぼう》したりしていた理由は、締《し》め切りがせまっているのに、ちっともお話が浮《う》かばなかったからです。

だから気分転換《てんかん》もかねてカフェに来たのですが……。

あせっていたからか、そこにいるとわかる投稿《とうこう》を、店名が入ったコーヒーカップの写真と一緒《いっしょ》に、仕事用のSNS《エスエヌエス》にアップしてしまいました。

テラスには他にもお客さんがいますが、写真にはパソコンも写っていますから、パソコンを広げているのが「私《わたし》」だと、SNS《エスエヌエス》を見ればわかってしまいます。

少女はそれを見て、声をかけてきたのです。

Episode

雨の日のオバケ

三歳《さい》になったお祝《いわ》いに、キミカちゃんはかさを買ってもらいました。

それまで、雨の日はいつもレインコートを着ているだけだったキミカちゃんは、自分も大人《おとな》みたいにかさをさせるのだと、うれしくてたまりません。

大好《だいす》きなキャラクターがプリントされたかさを早く使いたくて、雨がふる日を今か今かと待っていました。

そして、とうとう雨の日がやって来ました。

キミカちゃんは大喜《おおよろこ》びで長靴《ながぐつ》をはき、かさをさして、お父さんとお母さんと一緒《いっしょ》に外へ出かけることにしました。

ところがです。

しばらくすると、キミカちゃんの表情《ひょうじょう》がくもりはじめ、やがて口がへの字に変《か》わり、しまいにはとうとう大声をあげて泣《な》きはじめてしまったのです。

お父さんとお母さんがおどろいて、どうしたのか聞きます。
かさをはじめて持ったから、疲《つか》れてしまったのでしょうか？
それとも、やっぱりレインコートのほうがいいと思ったのでしょうか？
するとキミカちゃんは、泣《な》きながら、つたない言葉で話してくれました。

オバケがね、いるの。
あるいてると、きゅうにひらひらって、でてくるの。
ずぶぬれで、ぽたぽたってみずをたらしてるオバケだよ。
ほそながくて、かぜがふくと、みずをまきちらすの。
すごくいやだったから、したをむいてるうちに、オバケはみえなくなったよ。
でも、すこししたらまた、ひらひらってでてきたの。
オバケがね、ずっとついてきてるみたいなの……。

話を聞いたお父さんとお母さんは、なんだか怖《こわ》くなってしまいました。

ですが、とにかくキミカちゃんを落ち着かせるため、目についたレストランで休憩《きゅうけい》することにしました。

すると、レストランに入ってすぐに、キミカちゃんは泣《な》きやんでくれました。

どうやら、オバケがいなくなったようなのです。

キミカちゃんとお父さんとお母さんはほっとして、おいしい料理《りょうり》を楽しみました。

やがて、食事を終えた三人が、レストランを出てかさを開くと……。

ひらひらオバケがまた出たと、キミカちゃんが再《ふたた》び泣《な》きだしてしまいます。

どこにオバケがいるのかとお父さんとお母さんに聞かれ、キミカちゃんはおそるおそる指をさしました。

そこには確《たし》かに、細長くてずぶ濡《ぬ》れで、雨粒《あまつぶ》をぽたぽたと垂《た》らす、ひらひらしたものがありました。

これからは、雨の日の外にかぎり、キミカちゃんについてまわることでしょう。

お父さんとお母さんは必死《ひっし》に笑《わら》うのをがまんしながら、オバケの正体についてキミカちゃんに説明《せつめい》したのでした。

○『雨の日のオバケ』にかくされた意味

キミカちゃんが怖《こわ》がっていたオバケの情報《じょうほう》を、整理してみましょう。

それは、はじめてかさを使った雨の日に、現《あらわ》れました。

細長くて、ぬれていて、風が吹《ふ》くと雨粒《あまつぶ》をまき散《ち》らし、ひらひらしています。

一時的《てき》に見えなくなったり、また出てきたりしながら、ずっとキミカちゃんについてきたようです。

ただし、レストランの中ではずっと、オバケは姿《すがた》を見せませんでした。

それなのに、外に出てかさを開くと、またオバケは現《あらわ》れました。

つまり、かさを開いているときにだけ出てくるようなのですが……。

オバケとはなんのことだったのか、もうわかったでしょうか？

オバケの正体――それは、かさをまとめるベルトです。

閉《と》じたかさが開かないように、くるくるとかさに巻《ま》きつけるベルトを、キミカちゃんは怖《こわ》がっていたのでした。

お父さんとお母さんは、それに気づいてつい笑《わら》ってしまいそうになったのです。
雨の日にかさをさしている間は、ベルトはどうしても目に入るものです。
キミカちゃんが、ベルトはオバケではないと納得《なっとく》してくれるといいのですが。

Episode

将来《しょうらい》のために

中学生になったカズキは、お祝《いわ》いにスマホを買ってもらった。
子ども用のものではなく、大人《おとな》が使っているものと同じ機種《きしゅ》だ。
カズキは、自分がずいぶんと大人《おとな》になったように感じられた。
そこで、大人《おとな》みたいに仕事を始めようと考えた。
カズキが始めたのは、農業だ。
あいている土地をたがやして、種《たね》をまき、ひりょうをあげて、水をまく。
カズキの家は農家で、カズキは小さいころから畑を手伝《てつだ》っている。
だから、これくらいのことはひとりでできてしまうのだ。
作物が実ったら、収《しゅう》かくだ。
はじめて収《しゅう》かくした作物は図鑑《ずかん》に登録《とうろく》して、コレクションにする。
あとは、すべて売ってしまうのだ。

そのお金で、今度はもっと高く売れる作物の種《たね》を買う。

特別《とくべつ》なひりょうを使うと、色ちがいのレアな作物が実る確率《かくりつ》が上がる。

特別《とくべつ》な水をまくと、作物が実るまでの時間が短くなる。

カズキは自分の畑に、どんどん時間をついやすようになった。

学校にいても、頭の中は畑のことでいっぱいだ。

(特別《とくべつ》なひりょうも水もほしいけど、お金をためないと買えない……。ふつうの作物をどれだけ売ったら、買えるかなあ)

(それに、ショップで限定販売《げんていはんばい》してる農業用の服！　すっごくカッコいいんだよな。あれは絶対《ぜったい》ほしい！　売ってる期間中に買えるかな？)

(いっそ母さんに、おこづかいを増《ふ》やしてもらえないか、たのんでみるか……？)

そんなことばかりを考えていたら、カズキのテストはさんざんな結果《けっか》になった。

バツだらけの答案《とうあん》用紙を見て、カズキの母親はカンカンになる。

「どうして勉強しないの！」

「それは……将来《しょうらい》のために、仕事してるからだよ」

「何言ってるの。中学生が仕事なんてできるわけないでしょ！」

「ええと、それができるんだよ」

しどろもどろになりながら、カズキはなんとか説明《せつめい》する。

「オレ、将来《しょうらい》はうちをついで、農家になろうと思ってるから。その予行練習で、この仕事をしてるんだ！」

カズキは自信《じしん》まんまんで、自分の畑を見せた。

するとカズキの母親はもっとカンカンになり、カズキの畑を取りあげると、すべて消してしまった。

「あーっ！　何するんだよ！」

「遊んでないで勉強しなさい！」

問答無用《もんどうむよう》でしかられ、カズキはがっくりして学習机《づくえ》に向かったのだった。

○『将来《しょうらい》のために』にかくされた意味

将来《しょうらい》、農家の仕事をつぐために、自分の畑を持って農業にはげむ。

一見とても立派《りっぱ》なことをしているようですが、実際《じっさい》はちっともそうではありません。

カズキが言っていた「仕事」とは、スマホでできる農園ゲームなのです。

スマホの中で土地を持ち、畑をたがやしていたわけです。

だから、特別《とくべつ》なひりょうや水、色ちがいのレアな作物なんてものが、出てきたわけですね。

ショップで売っている限定《げんてい》の服とは、ゲーム内のアバターに着せるアイテムです。

カズキの母親は、テストの結果《けっか》が悪かった理由を知って、このゲームのアプリを消してしまいました。

ゲームができなくなったのは残念《ざんねん》ですが、いまカズキに必要《ひつよう》なのは勉強です。

でないと、次はスマホを取りあげられてしまうかもしれません。

Episode

オシャレな集まり

今夜、ボクはいつもと違《ちが》うオシャレをして外に出た。

普段《ふだん》はぜったいにそんなことを許《ゆる》してくれない大人《おとな》も、この日だけはボクの行動を大目に見てくれるという。

そういうわけでボクは、とびきりカッコいいと思うかっこうで、外に出た。

夜の街《まち》のあちこちで、オレンジの光がゆらゆらと、ちょっと不気味《ぶきみ》にゆれている。

公園に着くと、たくさんの子どもたちがいた。

みんな、思い思いのオシャレを楽しんでいるようだ。

いつもなら短パンで走り回っている女の子が、長い丈《たけ》のワンピースを着て、とがった帽《ぼう》子《し》をかぶっていたり……。

いつもは黒い服を着てばかりの子が、真っ赤に染《そ》まったかっこうで、派手《はで》なメイクをしていたり……。

ボクの他にもたくさんの子どもたちが、オシャレをして集まっている。

そこへ、いつもよく遊んでいる近所の子たちがやってきた。

みんながオシャレをした姿《すがた》に、ボクはとてもおどろいた。

隣《となり》の家の子は、頭に角を生やしてる！

お向かいの家の子は、口からキバがのぞいてる！

はす向かいの家の子は、お尻《しり》にしっぽがある！

「いいなあ！　みんな、すごくきまってるなあ」

うらやましくなってつぶやくと、みんなはきょとんとした。

「どうして、いいなあって思うの？」

「だってボクには、角もないし、キバもないし、しっぽもないんだよ」

ため息をつきながら答えると、みんなは一斉《いっせい》に笑《わら》った。

「でもキミには、立派《りっぱ》なネジがあるじゃないか！」

「あ、そうだった！」

ボクは頭に刺《さ》さった大きなネジをなでながら、照《て》れて笑《わら》った。

○『オシャレな集まり』にかくされた意味

頭にネジが刺《さ》さっているなんて大変《たいへん》なことです。
その上、角やキバ、しっぽが生えている子もいましたね。
でも、みんなはそれを不思議《ふしぎ》に思っていないようです。
ひょっとして、これはバケモノの子どもたちの集まりなのでしょうか？
その答えは、イエスとも言えますし、ノーとも言えます。
この日は、十月三十一日。
ハロウィンの夜なのです。
子どもたちは日が沈《しず》んでから、ハロウィンのパレードをすることになっていました。
だから「ボク」は、頭にネジが刺《さ》さったフランケンシュタインの仮装《かそう》をしています。
近所の子たちは、悪魔《あくま》、ドラキュラ、狼男《おおかみおとこ》の仮装《かそう》をしていました。
他にも、魔法使《まほうつか》いの仮装《かそう》や、血まみれゾンビの仮装《かそう》をしている子もいたようです。

街《まち》のあちこちでゆれていたオレンジ色の光は、カボチャをくりぬいて作ったジャック・オ・ランタンの光でした。

気合いが入った子どもたちの仮装《かそう》は、大人《おとな》たちにも大好評《だいこうひょう》だったようです。

ハロウィンパレードはこの街《まち》ではじめての試《こころ》みでしたが、翌年《よくねん》からは必《かなら》ず行われるイベントになりました。

次のハロウィンで、「ボク」はどんな仮装《かそう》をしたのでしょうね。

Episode

一《いっ》休《きゅう》さんに拍《はく》手《しゅ》

『このはし　わたるべからず』

橋の前にあったこの立て札《ふだ》を読み、一休《いっきゅう》さんはどうどうと橋の真ん中を渡《わた》った。

そして、言ったのだ。

「はしっこではなく、中央を渡《わた》りました！」

これを聞いて、橋の見張《みは》りをしていた役人は、一休《いっきゅう》さんを通してあげることにした。

まわりで見ていた人たちは、みんな一休《いっきゅう》さんのとんちに感心して、拍手《はくしゅ》した。

通行人も、近くのお店の人も、その場にいたみんなが拍手《はくしゅ》をして一休《いっきゅう》さんを見送った。

――ところが、拍手《はくしゅ》をしていた中でひとりだけとても怒《おこ》られた人がいるという。

それどころか、明日からどうやって暮《く》らしていけばいいのかもわからなくなった。

一休《いっきゅう》さんのとんちに感心した人はたくさんいたのに、どうしてその人だけそんな目にあわなければいけなかったのだろう。

○『一休《いっきゅう》さんに拍手《はくしゅ》』にかくされた意味

一休《いっきゅう》さんのとんちに感心し、その場にいた人たちはいっせいに拍手《はくしゅ》をしました。

みんなが同じことをしていたのに、どうしてひとりだけ怒《おこ》られたのでしょうか。

それは、拍手《はくしゅ》が原因《げんいん》ではありませんでした。

その人が、橋の見張《みは》りをしていた役人だったからなのです。

一休《いっきゅう》さんがどれだけとんちをきかせようと、役人の仕事は橋を渡《わた》らせないことなのですから、一休《いっきゅう》さんを通してはいけなかったのです。

どうやら、怒《おこ》られた人は見張《みは》りの仕事をクビになってしまったようです。

次の仕事は、もう少しまじめにこなしたほうがいいかもしれません。

Episode

コーヒー牛乳《ぎゅうにゅう》

給食《きゅうしょく》にはじめてコーヒー牛乳《ぎゅうにゅう》が出た日、翔太《しょうた》は熱《ねつ》が出てしまって、小学校を休んだ。コーヒー牛乳《ぎゅうにゅう》を飲んだことがなかったから、すごく楽しみにしていて、本当はなんとしてでも登校したかった。

熱《ねつ》だっていつもよりほんのちょっと高いだけだったのに、お母さんがとても心配して学校に行かせてくれなかったのだ。

次の日にはすっかり元気になった翔太《しょうた》に、みんなは「ふつうの牛乳《ぎゅうにゅう》よりあまくておいしかった！」と感想を教えてくれた。

翔太《しょうた》は、うらやましくてくやしくて、しかたがない。

すぐにでもコーヒー牛乳《ぎゅうにゅう》を飲んでみたくなった。

（父さんか母さんにたのめば、どこかで買ってきてくれるかな？）

そう考えながら帰宅《きたく》した翔太《しょうた》は、麦茶を飲もうと冷蔵庫《れいぞうこ》を開けて、気がついた。

飲みもののところに、紙パックの牛乳《ぎゅうにゅう》がある。
そのとなりには、アイスコーヒーと書かれた紙パックもあったのだ。
(コーヒー牛乳《ぎゅうにゅう》って、コーヒーと牛乳《ぎゅうにゅう》で作れるんだよな？)
翔太《しょうた》はひらめいて、二本の紙パックを冷蔵庫《れいぞうこ》から取りだした。
そして、コップにちょうど半分ずつくらいになるように、コーヒーと牛乳《ぎゅうにゅう》を入れる。
(これがコーヒー牛乳《ぎゅうにゅう》！)
翔太《しょうた》はワクワクしながら、コップの中身をぐいっと飲む。
そして、思いきり口から吹《ふ》きだした。
(に、にっが！　苦い！　なんだこれ!?)
みんなはコーヒー牛乳《ぎゅうにゅう》があまいと言っていたのに、これはとても飲めたものじゃない。
「翔太《しょうた》？　帰ってるの？」
(あっ！)
お母さんの声がして、翔太《しょうた》はあわてた。
作ったコーヒー牛乳《ぎゅうにゅう》を吹《ふ》きだしたせいで、キッチンは茶色い液体《えきたい》まみれだ。

お母さんの足音が近づいてきて、翔太《しょうた》はあせる。

(このままだと、怒《おこ》られる!)

「翔太《しょうた》?　どうしてだまって……あっ!?」

顔を出したお母さんが、キッチンのひどさを見て固《かた》まる。

その顔が怒《おこ》った表情《ひょうじょう》になっていくのを、翔太《しょうた》は冷《ひ》や汗《あせ》をかきながら見ていた。

「これは、どういうこと?」

「えっ……さ、さあ。知らないよ」

怒《おこ》られるのがいやで、翔太《しょうた》はとっさにごまかしてしまう。

お母さんの目がするどくなった。

「そこに、コーヒーと牛乳《ぎゅうにゅう》のパックが出ているけど。翔太《しょうた》が飲んだんじゃないの?」

「えっ、いやいや、まさか!　コーヒーなんて……」

コーヒーなんてあんな苦いものを飲むわけない、と言いかけて翔太《しょうた》はハッとする。

(あぶない!　そんなこと言ったら「コーヒーを飲んだことがないのに、どうして苦いって知ってるの?」って言われる!)

途中《とちゅう》で気がついた自分はすごいと思いながら、翔太《しょうた》は胸《むね》を張《は》った。

「コーヒーも牛乳《ぎゅうにゅう》も、飲んでないよ！　キッチンは、オレが来たらこうなってたんだ！」

「……うそをついたわね」

「ええっ」

お母さんがニヤリとして、翔太《しょうた》の顔をビシッと指さした。

「あんたがコーヒー牛乳《ぎゅうにゅう》を飲んだことは、とっくにわかってるのよ！」

(な、なんでだ？　なんでバレたんだ〜!?)

やがて突《つ》きつけられた証拠《しょうこ》に、翔太《しょうた》はがっくりとうなだれて、おとなしく怒《おこ》られることにしたのだった。

○『コーヒー牛乳《ぎゅうにゅう》』にかくされた意味

給食《きゅうしょく》のコーヒー牛乳《ぎゅうにゅう》が飲めなかったことは、残念《ざんねん》でしたね。

ですが、キッチンを汚《よご》したのにごまかすのはいけません。

翔太《しょうた》がお母さんに突《つ》きつけられた証拠《しょうこ》とは、なんだったのでしょう。

それは、鏡《かがみ》にうつった自分の顔でした。

翔太《しょうた》の口の上には、勢《いきお》いよく飲んだコーヒー牛乳《ぎゅうにゅう》のあとがついています。

まるで、茶色いヒゲみたいです。

こんなつきかたをするのは、コーヒー牛乳《ぎゅうにゅう》を飲んだからにまちがいありません。

そのため、翔太《しょうた》はごまかすのをあきらめたのでした。

ちなみに、キッチンをキレイにしたあとでお母さんはコーヒーと牛乳《ぎゅうにゅう》に砂糖《さとう》を混《ま》ぜたものを、翔太《しょうた》に出してくれました。

あまいコーヒー牛乳《ぎゅうにゅう》を飲めて、翔太《しょうた》は満足《まんぞく》できたようです。

Episode

ひとり部屋

すごいぞ！

ついにボクの部屋ができた！

うちは、今までボクだけ自分の部屋がなかったんだ。

とーちゃんは仕事部屋があるし、かーちゃんはしゅみの部屋がある。

にーちゃんはひとりで寝《ね》る部屋があって、ねーちゃんもひとりで寝《ね》る部屋がある。

それなのに、ボクはとーちゃんとかーちゃんが寝《ね》る部屋で、毎晩《まいばん》一緒《いっしょ》に寝《ね》てた。

べつに、とーちゃんとかーちゃんと寝《ね》るのがいやなわけじゃない。

でも、ボクだってもう三歳《さい》。

ひとりになりたいときだってある。

お気に入りのオモチャを噛《か》みちぎっちゃったときとか、出てきたごはんが好《す》きな味じゃなかったときとか。

そういうときはボクだって落ちこむ。

今まではリビングのすみっこで座《すわ》りこむとか、ソファのかげで横になるしかなかったけど、これからは自分の部屋があるんだ。

ボクだけの部屋があるって、すばらしい！

とーちゃん、かーちゃん、ありがとう！

「じゃあ、お前も今夜からはひとりで寝《ね》るんだよ」

えっ、そのちっちゃいベッドは何？

まさか、ボクにここで寝《ね》ろって言ってるの？

ジョーダンじゃない！

ボクはとーちゃんとかーちゃんのベッドで、ひろびろと寝《ね》るのが好《す》きなんだ。

部屋はもらうけど、寝《ね》る場所は変《か》えたくないよ。

ほら、もう夜だから早く寝《ね》よう。

ボクが寝《ね》るスペースは、いつもどおりここだよ。

とーちゃんとかーちゃんも、早くおいでよ！

ベッドの真ん中に寝転《ねころ》がる「ボク」を見て、「とーちゃん」と「かーちゃん」は苦笑《にがわら》いします。

「この子の部屋を用意してみたけど、だめだったか……」

「それより、大きなベッドを買ったほうがよかったわね」

○『ひとり部屋』にかくされた意味

自分だけの部屋をもらって、とてもよろこんでいる「ボク」ですが、寝《ね》る場所はお父さんとお母さんのベッドのままがいいなんて、まだまだ甘《あま》えんぼうですね。

ところが、お父さんとお母さんは「ボク」に自分の部屋で寝《ね》てほしいようです。

これは、どうしてでしょうか。

実は「ボク」は、人間ではなくペットの犬なのです。

お兄さんとお姉さんは人間なのでひとり部屋を持っていますが、「ボク」は子犬のころからずっと、お父さんとお母さんと一緒《いっしょ》に寝《ね》ていました。

けれど、三歳《さい》の犬はもうりっぱな大人《おとな》の犬です。

大きくなった「ボク」と寝《ね》るのがせまくなったふたりは、犬用のスペースを作ったのでした。

ですが、けっきょく一緒《いっしょ》に寝《ね》ることになってしまいましたね。

次の手段《しゅだん》は、ふたりが話していたとおり、ベッド自体を大きくするしかなさそうです。

Episode

ヘンゼルとグレーテル～現《げん》代《だい》版《ばん》～

兄のタイチと一緒《いっしょ》に、ヒマリはお母さんにつれられて出かけることになった。
ずいぶんと長いこと電車に乗っていた気がする。
駅につくと、そこはヒマリが暮《く》らす町に比《くら》べて、高いビルがたくさん建《た》っていた。
「どこに行くの？」
質問《しつもん》すると、お母さんはどこか緊張《きんちょう》した顔で答えた。
「お父さんのところに行くのよ」
ヒマリは、タイチと顔を見あわせた。
お父さんはふだん、家でケーキ屋さんをやっている。
こんなに高いビルがたくさんあるようなところに、いるはずがないのだ。
でもお母さんは、背《せ》の高いビルにずんずんと入っていった。
スーツのような服を着た人たちが、うやうやしくおじぎをしてむかえてくれる。

「お兄ちゃん……なんか、こわい……」

ヒマリはちょうど、昨日《きのう》タイチが読んでくれた絵本を思いだしていた。

ヘンゼルとグレーテル。

ふたりの兄妹が両親にすてられ、森をさまよって、お菓子《かし》の家と魔女《まじょ》に出会う物語だ。

「お母さんに、すてられちゃわないよね？」

お母さんの後ろを歩きながら小さな声で聞くと、タイチはつないだ手にぐっと力をこめてくれた。

「大丈夫《だいじょうぶ》だよ。ここは森じゃないから」

それもそうかと、ヒマリは安心する。

ビルの中に、お菓子《かし》の家や魔女《まじょ》が出てくるはずがないのだ。

——それなのに。

しばらくすると、ヒマリとタイチはふたりでビルの中をさまようはめになっていた。

おいしそうな匂《にお》いがするレストランがあったから、ちょっと足を止めて見ていたら、いつの間にかお母さんの姿《すがた》がどこにもなかったのだ。

「どうしよう、お兄ちゃん。やっぱりわたしたち、すてられちゃったんだ」

お母さんが緊張《きんちょう》した様子だったのは、自分たちをすてようと決めていたからだ。

ヒマリがめそめそしていると、タイチは不安《ふあん》そうにしながらも、きっぱりと言った。

「大丈夫《だいじょうぶ》。お父さんとお母さんの電話番号をおぼえてるから、大人《おとな》に言えば連絡《れんらく》してもらえるよ」

いわれてみればそうだと、ヒマリも思った。

ここは絵本の中のように、電話もない世界ではないのだ。

あちこちに大人《おとな》がいるから、いざとなったらだれかに助けをもとめればいい。

そう考えたら、急に気持ちが楽になった。

同時に、ヒマリはとてもおなかがすいていることに気がついた。

どこからかいい匂《にお》いがただよってきている。

さっきのレストランのものではなく、お父さんが作るケーキのような、甘《あま》い匂《にお》いだ。

「なんだろう……こっちから匂《にお》いがするよ」

ヒマリとタイチはふらふらと、甘《あま》い匂《にお》いをたどって歩いて行く。

やがて、大きな扉《とびら》の前に出た。

開けてみると、中には白い服を着て白い帽子《ぼうし》をかぶった人が、たくさんいる。

しかしヒマリとタイチの目をうばったのは、その人たちの真ん中にある、とても大きな家だった。

クッキーやチョコレート、生クリームといったもので作られた、巨大《きょだい》なお菓子《かし》の家が建《た》っている！

ヒマリとタイチは、みるみるうちに青ざめた。

自分たちはやっぱり、ここにすてられてしまったのだ！

○『ヘンゼルとグレーテル～現代版《げんだいばん》～』にかくされた意味

お母さんにつれられて、遠い町までやってきたヒマリとタイチ。

まいごになってお菓子《かし》の家を見つけるなんて、ヘンゼルとグレーテルみたいですね。

このあと出くわすのは、ヘンゼルを食べようとする魔女《まじょ》でしょうか？

いいえ、そうではありません。

じつは、このあとすぐにヒマリとタイチはお父さんと出くわします。

なぜなら、ここはお菓子《かし》のコンテストがひらかれているホテルの中なのです。

白い服を着て帽子《ぼうし》をかぶっている人はみんな、お菓子《かし》コンテストに参加《さんか》するパティシエです。

ケーキ屋さんであるお父さんも、コンテストに参加中《さんかちゅう》でこの場にいました。

巨大《きょだい》なお菓子《かし》の家は、お菓子《かし》コンテスト用の作品だったのです。

お父さんは、お母さんがふたりをつれてきてくれると聞いて楽しみにしていましたが、ヒマリとタイチふたりだけなのを見て、おどろきました。

お母さんは、お父さんの大事なコンテストの結果《けっか》が気になって、緊張《きんちょう》していたようです。

そのため、ヒマリとタイチがいなくなったことに気がつくのが、遅《おく》れてしまいました。

今ごろはふたりを探《さが》して、会場内を走り回っていることでしょう。

ぶじにお母さんと合流したら、お父さんのお菓子《かし》コンテストを応援《おうえん》しましょうね。

Episode

少女の正体

私《わたし》は、突然《とつぜん》あらわれて私《わたし》の正体を言い当てた少女を、興味深《きょうみぶか》く見つめた。

彼女《かのじょ》はおいしそうにレモネードを飲んでいる。

「君はだれ？」

「あたし、3分間ミステリーシリーズのファンよ。だから、作者さんたちのSNS《エスエヌエス》は、たまに見るの」

たしかに、私《わたし》は過去《かこ》に3分間ミステリーのシリーズを書いたことがある。

このシリーズにはいろんな小説家《しょうせつか》が参加《さんか》しており、私《わたし》もそのひとりだ。

「そしたら、あなたの居場所《いばしょ》があたしの知っているカフェだったから、来てみたわ」

「写真を見て、ここまで来たの？　すごい行動力だね」

「作者さんに会えるかもしれないって思ったから。でも、この写真は消したほうがいいと思う。SNS《エスエヌエス》に自分の居場所《いばしょ》は載《の》せないほうがいいのよ。危《あぶ》ないでしょ」

「そうだね。うかつだった」

私《わたし》は素直《すなお》にうなずき、SNS《エスエヌエス》の投稿《とうこう》を削除《さくじょ》した。

それから、あらためて少女をまじまじと観察《かんさつ》する。

中学生ぐらいに見えるが、歳《とし》のわりに大人《おとな》びた雰囲気《ふんいき》だ。

すぐ近くにある中学校の生徒《せいと》だろうか。

肩《かた》よりも長い黒髪《くろかみ》は、光の当たり具合によって、水色や黄色にも見えるから不思議《ふしぎ》だ。

セーラー服の胸元《むなもと》で結《むす》ばれたタイは、水色と紫《むらさき》が混《ま》じったような色合いをしている。

（……どこかで、会ったことがある……？）

突然《とつぜん》、少女の姿《すがた》に見《み》おぼえがあるような気がした。

質問《しつもん》しようとしたけれど、その前に少女が口を開く。

「聞いてもいい？　今書いているのって、3分間ミステリーの新作だったりする？」

私《わたし》はちょっと迷《まよ》ってからうなずいた。

本当なら、それはまだ発表されていない情報《じょうほう》だから、黙《だま》っているべきなのだが——わざわざ会いに来てくれたというファンの子に、うそをつくのがいやだったのだ。

「そうだよ。うまくいけば十一月に発売されるはず。……でも、もしかしたら十二月になるかもしれない」

「あら、どうして？」

「アイディアがちっとも浮《う》かんでこないから」

「楽しみにしているのに、発売が遅《おそ》くなるのはこまるわ」

少女の真っ直ぐな言葉に、私《わたし》は罪悪感《ざいあくかん》をおぼえる。

本を楽しみにしている読者に、弱音をはくのはよくなかった。

「ごめんね。がんばってみるから、応援《おうえん》してて」

「アイディアって、がんばったり応援《おうえん》されたりすると浮《う》かぶものなの？」

「……痛《いた》いところをつくね。そうとは限《かぎ》らないよ」

苦笑《にがわら》いする私《わたし》を見て、少女が首をかしげる。

「じゃあ、どうしたら浮《う》かぶの？」

「人によるよ。お風呂《ふろ》に入っているときだったり、映画《えいが》を見ているときだったり。私《わたし》は、何か気分転換《てんかん》をしているときが多いかな」

「それじゃ、気分転換《てんかん》にあたしの話を聞いてみない？」

「君の話？」

「そう。あたしは魔女《まじょ》だから、たくさんの物語を知っているの」

魔女《まじょ》と名乗った少女は、おどろく私《わたし》にふわりと微笑《ほほえ》んだ。

「あたし、もう数百年の時を生きているわ。信《しん》じる？」

「数百年も？　本当に？」

「本当よ。時代によって、年齢《ねんれい》も性別《せいべつ》も変《か》えて生きてきたの。だけど、あんまり長いこと生きているから、退屈《たいくつ》で。楽しいことといえば、ミステリーを読むことくらい」

「だから3分間ミステリーが好《す》きなんだ？」

「そうよ。あたしの退屈《たいくつ》をまぎらわせてもらうためにも、あなたには早く新刊《しんかん》を書いてもらわないとこまるわ。あたしの話が、その手助けになるといいのだけど」

そう言った少女——魔女《まじょ》がカバンから取りだしたのは、青い表紙の本だった。

「これにはね、あたしが今まであちこちで見たり聞いたりしたお話を書きとめてあるの。どう、聞いてみる？」

「ぜひとも聞いてみたいな」

この少女は、いったい何者なのだろう。

3分間ミステリーシリーズのファンであり、数百年を生きる魔女《まじょ》だというけれど。

(絶対《ぜったい》に、どこかで会ったことがあるはずだ)

本をぱらぱらとめくる魔女《まじょ》を見つめながら、私《わたし》は必死《ひっし》に記憶《きおく》をさかのぼる。

私《わたし》はいったい、どこで彼女《かのじょ》と出会ったのだろう。

○『少女の正体』にかくされた意味

少女は、３分間ミステリーシリーズのファンであり、魔女《まじょ》と名乗りました。
ですが、少女の正体でもうひとつ、語られていないことがあります。
「私《わたし》」がどこで少女を見たことがあるかです。

「肩《かた》よりも長い黒髪《くろかみ》は、光の当たり具合によって、水色や黄色にも見える」
「セーラー服の胸元《むなもと》で結《むす》ばれたタイは、水色と紫《むらさき》が混《ま》じったような色合いをしている」

この特徴《とくちょう》に当てはまる人物が、あなたが今読んでいるこの本の中にいました。
『涙《なみだ》の理由』というお話を読み返してみてください。

「少女の髪《かみ》は夜空色《よぞらいろ》で、よく見れば冬のように澄《す》んだ空色も混《ま》じっていた」
「胸元《むなもと》のスカーフは、オーロラのような色合いでとてもきれいだ」

この特徴《とくちょう》は、「私《わたし》」の目の前にいる魔女《まじょ》そっくりです。

そう――「私《わたし》」は、夢《ゆめ》の中で彼女《かのじょ》を見ていたのです。

あなたは、現実《げんじつ》で起きたことを「これって夢《ゆめ》で見たことがあるような?」と思ったことはありませんか?

それはもしかしたら、未来《みらい》に起こるできごとを夢《ゆめ》で見るという、予知夢《よちむ》なのかもしれません。

「私《わたし》」が見た夢《ゆめ》も予知夢《よちむ》なのだとしたら、どうして魔女《まじょ》が出てきたのか不思議《ふしぎ》ですね。

その理由は、きっとそのうちわかるはずです。

Episode
ドラゴンハンター

マサルのお父さんの弟——つまり叔父《おじ》さんは、ドラゴンハンターと呼《よ》ばれている。

この世界のどこかにいるドラゴンを見つけだすとかけつけて、傷《きず》だらけになりながらも狩《か》り、その肉を食べてしまうというのだ。

ドラゴンハンターとしてあちこちを飛《と》び回っている叔父《おじ》さんは、たまにマサルの家に遊びに来ると、ドラゴン狩《が》りの話をしてくれた。

「ドラゴンというのは、とにかくトゲだらけなんだ。気をつけないと、すぐにケガさせられちまう」

「今まで狩《か》ったドラゴンは、赤竜《せきりゅう》、白竜《はくりゅう》、黄竜《こうりゅう》の三種類《しゅるい》だ。一番攻撃力《こうげきりょく》が高いのは黄竜《こうりゅう》だな。あいつを狩《か》るときは苦労《くろう》させられたぜ」

「ドラゴンの肉は、ヘルシーなのに栄養価《えいようか》が高いんだよ。だから、健康《けんこう》にいいってことで、わりと人気だ。味はまあ、淡泊《たんぱく》なんだけどな」

マサルは話を聞くたびにワクワクした。

自分もドラゴン狩《が》りに連《つ》れて行ってほしいと何度もたのんだけれど、叔父《おじ》さんは一度もうなずいてくれない。

危険《きけん》なドラゴン狩《が》りの最中《さいちゅう》に、マサルを見ている余裕《よゆう》はないからだそうだ。

残念《ざんねん》だけれど仕方がないとあきらめたマサルは、それならドラゴンの写真を撮《と》ってきてほしいとたのんだ。

ところが叔父《おじ》さんは、ドラゴン狩《が》りの最中《さいちゅう》に撮影《さつえい》している余裕《よゆう》なんてないという。

それならドラゴンを倒《たお》してから写真を撮《と》ってとたのんだら、やっとうなずいてくれた。

けれど、けっきょく一度も写真を撮《と》ってきてくれたことがない。

毎回、ドラゴン狩《が》りに夢中《むちゅう》で忘《わす》れてしまうというのだ。

だったら、ドラゴンの肉をおみやげに持ち帰ってほしい。

そうたのむと叔父《おじ》さんは、ドラゴンの肉は腐《くさ》りやすいから、持ち帰るのはむずかしいと答えた。

マサルは、大きくなるにつれ疑問《ぎもん》をおぼえるようになっていった。

ドラゴンなんて、本当にいるのだろうか。

叔父《おじ》さんは本当に、ドラゴンハンターなのだろうか。

ドラゴン狩《が》りの話は何度も聞いたけれど、証拠《しょうこ》は一切ないのだ。

ひょっとすると、叔父《おじ》さんの話は全部、口からでまかせなのかもしれない……。

一度そう思ってしまうとがまんできなくなって、マサルはとうとう叔父《おじ》さんに聞いてみることにした。

「ドラゴンなんて、本当はいないんじゃないの？　叔父《おじ》さんは僕《ぼく》に、ずっとうそをついてたんでしょ？」

すると叔父《おじ》さんは、こまったような悲しそうな表情《ひょうじょう》で、首を横にふった。

「いや、うそをついたつもりはないぞ」

「じゃあ、ドラゴンの写真を見せてよ。証拠《しょうこ》がないと、もう信《しん》じられないよ」

「……わかった。じゃあ、これを見るといい。俺《おれ》が狩《か》ったドラゴンだ」

「写真、あったんだ！」

叔父《おじ》さんが差《さ》しだしたスマホを受けとりながら、マサルはワクワクしてきた。

やっぱり、ドラゴンは本当にいるのだろうか？

だとしたら、叔父《おじ》さんにうそつきと言ってしまったことを、あやまらなければ。


そうして写真を見たマサルは、怒《おこ》りだした。

そこにはトゲだらけの果物《くだもの》のようなものしか写っていない。

叔父《おじ》さんはたしかにうそつきではないかもしれないけれど、ずっと自分をだましていたと、マサルは知ったのだ。

『ドラゴンハンター』にかくされた意味

叔父《おじ》さんはうそつきではないけれど、マサルをだましていたようです。

一体、どういうことでしょうか？

写真に写っていたもの。

それは、火を吹《ふ》いたり、大きな翼《つばさ》で空を飛《と》び回ったりするドラゴンではなく——トゲだらけの果物《くだもの》、ドラゴンフルーツだったのです。

ドラゴン狩《が》りとは、ドラゴンフルーツの収《しゅう》かくのこと。

ドラゴンの肉とは、ドラゴンフルーツの果肉《かにく》のことでした。

黄色い皮のドラゴンフルーツは一番トゲが鋭《するど》いですから、狩《か》るのに苦労《くろう》させられたというのも、うそではないようです。

でも、どうして叔父《おじ》さんは、自分が狩《か》っているのは竜《りゅう》ではなく果物《くだもの》だと、長いこと言わずにいたのでしょう。

それは、幼《おさな》いマサルのかんちがいがきっかけでした。

大のドラゴンフルーツ好《ず》きの叔父《おじ》さんは、国内や海外に行っては、とれたてのドラゴンフルーツを食べるのがしゅみでした。

だからいつものように、マサルの両親に向かってドラゴンフルーツの話をしていたところ——それを聞いていた小さなマサルが、目をキラキラさせて言ったのです。

「叔父《おじ》さん、ドラゴンを見たの？　叔父《おじ》さんは、ドラゴンハンターなの？」

優《やさ》しい叔父《おじ》さんは、マサルの夢《ゆめ》をこわしたくなくて、そうだよと答えました。

その日から今まで、本当のことをいえないまま来てしまったのです。

両親から話を聞いたマサルは、叔父《おじ》さんにあやまって仲直《なかなお》りしました。

そして、今度は一緒《いっしょ》にドラゴンフルーツを食べようと、約束《やくそく》したようです。

Episode

ピッタリのくつ下

小学四年生になって、クラブ活動がはじまった。

キミカは迷《まよ》うことなく、編《あ》みものクラブに入った。

編《あ》みものの経験《けいけん》はまったくないけれど、この先役に立つと思ってのことだ。

キミカはいつもおこづかいをすぐに使ってしまうので、家族や友だちの誕生日《たんじょうび》に、なかなかプレゼントを用意してあげられない。

だから編《あ》みものをおぼえれば、手作りのプレゼントをあげられると考えたのだ。

クラブを続《つづ》けていくうちに、キミカの腕前《うでまえ》はどんどん上達《じょうたつ》していった。

お母さんの誕生日《たんじょうび》にはマフラーをプレゼントできたし、親友のルリちゃんには手のひらサイズの小さな帽子《ぼうし》をプレゼントできた。

特《とく》にルリちゃんは、リクエストにこたえて犬のシルエットをワンポイントとして編《あ》みこんだら、とてもよろこんでくれた。

さあ、次は弟の誕生日《たんじょうび》だ。

「ねえ、誕生日《たんじょうび》は何がほしい？　編《あ》みものでできるやつがいいな」

「それなら、くつ下がほしいな。五本指のやつが楽で好《す》きなんだ！」

五本指くつ下と聞いて、キミカは内心ぎょっとした。

くつ下は小さいけれど、編《あ》み方が複雑《ふくざつ》でむずかしいと聞く。

しかも、五本指にするにはつま先のところを五本に分けて編《あ》まなければいけない。

答えにこまっていると、弟はニヤニヤする。

「どうしたの？　あ、もしかして、姉ちゃんにはむずかしい？」

「そ、そんなことない。できるから！」

キミカは強がって答えると、さっそく次のクラブ活動で五本指くつ下を編《あ》みはじめた。

ところが――やっぱり、まだむずかしかったのかもしれない。

片方《かたほう》だけを編《あ》み終えたところで、キミカは致命的《ちめいてき》なミスに気づいた。

数え間違《まちが》えたせいで、つま先が四本にしか分かれていないのだ。

これでは四本指くつ下だ。

編《あ》みものは、毛糸をほどいてしまえば編《あ》み直すことができる。

だけどそうしたら、弟の誕生日《たんじょうび》までに完成《かんせい》させるのはむずかしいだろう。

キミカがこまっていると、一緒《いっしょ》のクラブのルリちゃんが気づいてくれた。

ルリちゃんはキミカとちがって、クラブではいつもあみぐるみを作っている。

「それ、くつ下だよね？　いいなあ！　あたし、ちょうどこんなくつ下がほしかったの！」

「え？　でもこれは四本しか指がないのに」

「だからいいんじゃない！」

ルリちゃんはキミカの事情《じじょう》を聞くと、取り引きを持ちかけてきた。

「キミカちゃん、もう片方《かたほう》も四本指で編《あ》んじゃってよ。そしたらあたし、家から新しいくつ下を持ってきてあげるから。ちょうどうちに、間違《まちが》って買っちゃった五本指のくつ下があるの。だれも使ってないんだよ」

交渉《こうしょう》は成立《せいりつ》し、キミカは四本指のくつ下を両足分編《あ》みあげた。

ルリちゃんはそれをもらうと、とてもよろこんだ。

「すごい、これならピッタリ！　ありがとう。それじゃ、これはお礼だよ」

「ありがとう、ルリちゃん」

ルリちゃんがくれた五本指のくつ下をプレゼントすると、弟はおどろいていた。

「すごい、売ってるやつみたいだ！　姉ちゃん、すごいな！」

「ま、まあね。ずいぶんと上達《じょうたつ》したでしょ？」

弟のほめ言葉にひきつった笑顔《えがお》でうなずきながら、キミカは不思議《ふしぎ》に思う。

それにしても、ルリちゃんはどうして四本指のくつ下なんかをほしがったのだろう？

弟用に作ったから、ルリちゃんにはサイズだって小さかったはずなのに。

○『ピッタリのくつ下』にかくされた意味

ルリちゃんが、四本指で小さなサイズのくつ下をほしがったのは、どうしてでしょう？

そういえばルリちゃんは、誕生日《たんじょうび》に小さな帽子《ぼうし》もキミカに編《あ》んでもらっています。

これもやっぱり、彼女《かのじょ》にはサイズが小さなものです。

これらをほしがった理由――それは、ルリちゃんが編《あ》んだ犬のあみぐるみに着させてあげるためでした。

犬は四本指ですから、あみぐるみの犬にはかせるくつ下も、四本指にしたかったのでしょう。

ルリちゃんはキミカの編《あ》みものの腕前《うでまえ》をすっかり気に入ったようなので、次も何かリクエストされるかもしれません。

でもキミカは今度こそ五本指のくつ下をちゃんと編《あ》もうと、リベンジに燃《も》えているみたいですよ。

Episode

透《とう》明《めい》人《にん》間《げん》になる薬

天才的《てき》な研究者が、すごいものを作りだした。

半永久的《はんえいきゅうてき》に、透明人間《とうめいにんげん》になれる薬を開発したのだ。

その効果《こうか》はばつぐんで、薬を飲むと透明《とうめい》になるだけではなく、なんでもすり抜《ぬ》けることまで可能《かのう》だという。

もちろん、その効果《こうか》を解除《かいじょ》する薬だって、ちゃんとある。

すでに動物実験《じっけん》で、薬の効果《こうか》は証明《しょうめい》された。

けれど、やはり人間でも効果《こうか》を試《ため》したいと、研究者は考えた。

政府《せいふ》に相談してみると、それはすごい薬だから、特別《とくべつ》に人間にも飲ませて効果《こうか》を確《たし》かめていいと許可《きょか》が出た。

被験者《ひけんしゃ》第一号に選《えら》ばれたのは、刑務所《けいむしょ》にいる極悪人《ごくあくにん》だ。

透明人間《とうめいにんげん》になれると知って、極悪人《ごくあくにん》は大いによろこんだ。

死刑《しけい》になる日を待つばかりだと思っていたけれど、これはチャンスだ。

なんでもすり抜《ぬ》けられるなら、薬を飲んだ後に刑務所《けいむしょ》から脱走《だっそう》することなど、たやすいだろう。

そんな彼《かれ》に、研究者は二錠《じょう》の薬を差《さ》しだした。

「赤いのは、透明人間《とうめいにんげん》になれる薬。青いのは、効果《こうか》を解除《かいじょ》する薬です」

「へえ。赤が、透明《とうめい》になるほうだな」

「おぼえなくても大丈夫《だいじょうぶ》ですよ。これは、どちらも一緒《いっしょ》に飲んでもらいますから」

「なんでだよ？」

「そうすることで、半永久的《はんえいきゅうてき》な効果《こうか》が解除《かいじょ》されるからです。一緒《いっしょ》に飲めば、一時間で透明《とうめい》人間《にんげん》から元に戻《もど》れますよ」

「一時間ねえ……」

極悪人《ごくあくにん》は、考える。

たったの一時間では、刑務所《けいむしょ》から脱走《だっそう》できても、遠くに逃《に》げることなど無理《むり》に決まっている。

だったら、解除《かいじょ》の薬は後で飲んだほうがいい。

「じゃあ、いただくぜ」

「あっ！」

極悪人《ごくあくにん》は研究者の言うことを無視《むし》して、赤い薬だけを飲みこんだ。

「だめですよ！　早く青い薬も飲んでください！　早く！」

「へへへ、慌《あわ》てたってもう遅《おそ》いぜ。……おっ？」

あせる研究者の前から、極悪人《ごくあくにん》の姿《すがた》がみるみるうちに消えていく。

自分の姿《すがた》がどんどん見えなくなっていくことに、極悪人《ごくあくにん》はよろこんだ。

「すげえ！　おおっ、本当にすり抜《ぬ》けるじゃねーか！」

ぼうぜんとする研究者を残《のこ》して、極悪人《ごくあくにん》は鍵《かぎ》のかかったドアをすり抜《ぬ》け、廊下《ろうか》に出た。

頑丈《がんじょう》な鉄格子《てつごうし》もするりとすり抜《ぬ》け、ぶ厚《あつ》い壁《かべ》も簡単《かんたん》にすり抜《ぬ》ける。

これで、晴れて自由の身だ。

「おっと、逃《に》げだす前に青い薬をとってこなくちゃな」

引き返しているうちに、いたるところでサイレンが鳴りだした。

どうやら刑務所《けいむしょ》内に、極悪人《ごくあくにん》が逃《に》げたことを知らせているらしい。

しかし、誰《だれ》にも見えなくなった極悪人《ごくあくにん》は、よゆうで刑務所《けいむしょ》内を移動《いどう》できた。

そうして、赤い薬を飲んだ部屋まで戻《もど》ってくる。

そして極悪人《ごくあくにん》は、絶望《ぜつぼう》した。

どうやら自分は大失敗《だいしっぱい》を犯《おか》したらしいと、ようやく気づいたのだ。

○『透明人間《とうめいにんげん》になる薬』にかくされた意味

極悪人《ごくあくにん》がした大失敗《だいしっぱい》とは、なんだったのでしょう?

それは、透明人間化《とうめいにんげんか》を解除《かいじょ》してくれる青い薬を、一緒《いっしょ》に飲まなかったことでした。

この研究者が発明した透明人間《とうめいにんげん》になる薬は、ものすごい効果《こうか》があります。

飲むと、透明《とうめい》になるどころかなんでもすり抜《ぬ》けてしまうのです。

ですが——つまりそれは、何も触《さわ》れないということになります。

極悪人《ごくあくにん》はもう、青い薬を手にとることができません。

だれかに口に入れてもらっても、薬は透明《とうめい》な体をすり抜《ぬ》けて床《ゆか》に落ちるだけです。

もちろん、食事をとることもできません。

極悪人《ごくあくにん》は死刑《しけい》が執行《しっこう》されるよりも早く、餓死《がし》することになるでしょう。

透明人間《とうめいにんげん》になる薬の効果《こうか》は半永久的《はんえいきゅうてき》ですから、死体すら誰《だれ》にも見つけてもらえないかもしれません。

研究者の言うことを聞いておけばよかったと後悔《こうかい》しても、もう遅《おそ》いのです。

Episode

信《しん》じる力

ハナちゃんは、タロくんに片想《かたおも》いしている。

中学校の入学式で一目ぼれしてから、ずっとだ。

一年生のときはクラスがちがってろくに話すことはできなかったけど、二年生に進級したら同じクラスになれた。

だからハナちゃんは、クラス発表があったその日に、心に決めたのだ。

（二年生の秋は、修学旅行《しゅうがくりょこう》がある！　わたし、それまでにうんとかわいくなって、タロくんに告白《こくはく》するんだ！）

修学旅行中《しゅうがくりょこうちゅう》に告白《こくはく》してカップルになるというのは、ハナちゃんの中学校ではよくあるパターンだ。

旅行中という非日常《ひにちじょう》の雰囲気《ふんいき》も手伝《てつだ》って、告白《こくはく》の成功率《せいこうりつ》がとても高いらしいのだ。

でも、ハナちゃんは自分がそう簡単《かんたん》にカップルになれるとは思っていなかった。

なにせハナちゃんは、同じクラスだけどほとんどタロくんと話せていないのだ。

お互《たが》いに、どちらかといえば物静《ものしず》かなグループにいて、男女でワイワイ話すような感じじゃないというのが、その主な理由だ。

だから告白《こくはく》を成功《せいこう》させるためには、タロくんが即決《そっけつ》するほどかわいくなる必要《ひつよう》がある。

(でも、かわいくなるって、どうしたらいいんだろう……?)

ダイエットをしたり、メイクをおぼえてみたりするのがいいのだろうか。

悩《なや》むハナちゃんだったが、そんなときテレビで特番《とくばん》があった。

番組の内容《ないよう》は「人の思いこみの力」についてだ。

なんでも、人が思いこむ力は、とにかく強いものらしい。

勉強が苦手な子が「やればできる」と毎日声に出して自分に言い聞かせていたら、どんどん成績《せいせき》があがっていったとか。

「絶対《ぜったい》にやせる」とどんなときでも考え続《つづ》けていたら、本当にみるみるうちにやせていったとか……。

ハナちゃんは、これだと思った。

考えるだけでそんなに効果《こうか》があるなら、絶対《ぜったい》にやってみるべきだ。

そこでハナちゃんは、毎朝鏡《かがみ》を見るたびに「わたしはかわいい！」と大きな声で自分をほめることにした。

一か月、二か月と、それを続《つづ》けていくうちに——

(……本当にかわいくなってきた気がする……？)

鏡《かがみ》の中の自分をまじまじと見つめながら、ハナちゃんは嬉《うれ》しくなった。

顔のりんかくがシュッと細くなったし、ニキビが出てこなくなった。

心なしか、髪《かみ》の毛もつやつやとキレイになったように見える。

(毎日ほめられると、その期待にこたえようって気持ちになるのかも！)

こうしてハナちゃんは、自分を毎朝ほめる毎日を送り続《つづ》けた。

そして、大きなボストンバッグを持って、みんなで遠出をした翌日《よくじつ》のこと。

朝起きて、いつも通りに鏡《かがみ》を見たハナちゃんは「わたしはかわいい！」と自分をほめ、その直後にとてもはずかしくなってしまった。

○『信《しん》じる力』にかくされた意味

毎朝、大きな声で自分をほめるのが日課《にっか》となったハナちゃん。
それなのに、この日は急にはずかしくなってしまいました。
どうしてなのか、あなたはわかりましたか？
答えは、その日が修学旅行《しゅうがくりょこう》二日目の朝だったからです。
前日にハナちゃんが持っていた大きなボストンバッグは、修学旅行《しゅうがくりょこう》の荷物でした。
みんなで遠出というのは、修学旅行《しゅうがくりょこう》のことを指していたんですね。
昨夜《さくや》、ハナちゃんはクラスメイトと一緒《いっしょ》に宿に泊《と》まりました。
そして翌朝《よくあさ》、寝《ね》ぼけていたハナちゃんは、鏡《かがみ》を見て大声で叫《さけ》んだのです。
「わたしはかわいい！」と。
何か月も続《つづ》けていた習慣《しゅうかん》ですから、自然《しぜん》と口から出てしまったようです。
同じ部屋のみんなに聞かれてしまい、ハナちゃんははずかしくてたまりませんでした。
うぬぼれたことを言っていると、笑《わら》われると思ったのです。

ところが、みんなの反応《はんのう》はちがいました。

「たしかに！　ハナちゃん、最近《さいきん》かわいくなったよね！」

「やっぱり、そうだよね？　あたしも同じこと思ってた！」

同じ部屋のクラスメイトたちは、ハナちゃんにつめ寄《よ》ります。

「何かコツがあるなら教えて！」

やがて、ハナちゃんと同じ二年生の女子たちの間で、鏡《かがみ》を見て自分をほめることが大流行するのでした。

ハナちゃんの告白《こくはく》も、きっとうまくいくことでしょう。

Episode

白いページ

透《す》き通った鐘《かね》のような音で顔をあげると、正面にあの少女が座《すわ》るところだった。

自分は魔女《まじょ》だと名乗る、セーラー服の少女だ。

私《わたし》はキーボードを打っていた手を止める。

このカフェテラスで彼女《かのじょ》に会うのは、これで二回目だ。

私《わたし》は彼女《かのじょ》に会いたくて、またここでパソコンを広げていたのだ。

今日はSNS《エスエヌエス》に居場所《いばしょ》がわかる投稿《とうこう》はしていないけれど、ここにいればなんだか彼女《かのじょ》から会いに来てくれる気がした。

「こんにちは。また会ったね」

あいさつをすると、魔女《まじょ》はこくりとうなずく。

「こんにちは。原稿《げんこう》は間に合いそうかしら?」


――リーン、リーン――

「うーん。少し進んだけれど、またアイディアにつまってしまったな」

「それじゃ、また気分転換《てんかん》が必要《ひつよう》？」

「ありがたいな。よかったら、また何か聞かせてくれる？」

「いいわ」

魔女《まじょ》がカバンから本を取りだして、青い表紙を開く。

ちらりと見えたページは白く、何も書かれていないようだ。

それから魔女《まじょ》は、ページの上から下へとなぞるように指をすべらせながら、いくつかの物語を聞かせてくれた。

物語はどれもおもしろかったけれど、私《わたし》はどうしても気になってしまう。

「ちょっといいかな」

話の最中《さいちゅう》に、私《わたし》はとうとうがまんできなくなって、口をはさんだ。

「なあに？　今の話はつまらなかった？」

「そうじゃなくて、その本が気になってしまって。さっき見えてしまったんだけど、何も書かれていなかったよ」

「そんなことないわ」

魔女《まじょ》は首を横に振《ふ》ると、楽しげにページの上を指でなぞった。

「これは、特定《とくてい》の人にしか読めないように作ったものなの。普通《ふつう》に書いた日記じゃ、魔女《まじょ》の持ちものっぽくないでしょう？」

「特定《とくてい》の人？　君にみとめられた人ってこと？」

「いいえ。暗やみの中でも物語を読みたいと、強く願《ねが》って努力《どりょく》した人よ」

どういう意味だかわからず、私《わたし》はだまりこむ。

何かの謎《なぞ》かけだろうか。

すると魔女《まじょ》は、青い表紙の本の中を、こちらに向けて見せてくれた。

やっぱり、ページには文字が書かれていない。

けれど、よく見ればそこにはたしかに、特定《とくてい》の人にしか読めない文字がびっしりと浮《う》きあがっていたのだった。

○『白いページ』にかくされた意味

魔女《まじょ》が持つ青い表紙の本は、中のページが白くて、文字が書かれていません。

ですが「私《わたし》」は、特定《とくてい》の人しか読めない文字がびっしりと浮《う》きあがっていたと感じています。

つまりこれは、真っ白なページにゆっくりと文字が浮《う》いてくるような、魔法《まほう》の本なのでしょうか？

いいえ、残念《ざんねん》ながらそうではありません。

この本は、すべて点字で書かれているのです。

目が見えない人が、指で読む文字を点字といいます。

ぽつりと浮《う》きあがった丸い点の組み合わせを、指で触《さわ》って読んでいくのです。

点字は、ここに書かれている文字とはまったく別《べつ》の文字です。

「あ」は左上に丸い点をひとつ。

「い」は「あ」の点の下に丸い点をもうひとつ、といったふうにあらわします。

これを読むためには、目が見えなくても文字を読みたいという気持ちで、点字をおぼえる必要《ひつよう》があります。

魔女《まじょ》は目が見えていますが、長い時を生きているうちに、たくさんの言語をおぼえたのでしょう。

もしかしたら、世界中のありとあらゆる言語を読んだり書いたり、話したりできるのかもしれませんね。

Episode

洗《せん》脳《のう》ミュージック

洗《せん》脳《のう》ミュージックと、僕《ぼく》が呼《よ》んでいる音楽がある。

あれが流れだすと、みんながおかしくなるんだ。

音楽を聞いた人たちは、真顔で、いっせいに、同じ動きをしだす！

洗《せん》脳《のう》ミュージックからは、知らない声も聞こえてくる。

歌声じゃない。
1、2、3、4……。
知らない声が数字を読みあげる。

謎《なぞ》のカウントにあわせて、だれもが同じ動きをくり返す。

僕《ぼく》はそれが、とにかくおそろしい。

小学生も、中学生も、大人《おとな》だって、お年寄《としよ》りだって、みんなみんな、洗《せん》脳《のう》されているみたいに同じ動きだけをする。

洗脳《せんのう》ミュージックがかかると、みんなロボットみたいになるんだ。
僕《ぼく》はそんなの絶対《ぜったい》に見たくない。
洗脳《せんのう》ミュージックをかけたら、家族だって同じ動きをするに決まってる。
だから僕《ぼく》は、あの音楽が聞きたくないんだ！
夏休み初日《しょにち》にそう言ったら、お母さんは目をつりあげて怒《おこ》った。
「へりくつを言ってないで、さっさと行きなさい！」

○『洗脳《せんのう》ミュージック』にかくされた意味

聞くと洗脳《せんのう》されて、同じ動きばかりをしてしまうという、洗脳《せんのう》ミュージック。

とてもおそろしい音楽のようですが……しかし、お母さんは「僕《ぼく》」の必死《ひっし》のうったえに耳を貸《か》してくれませんでした。

その理由は、「僕《ぼく》」がへりくつをこねて夏休みの課題《かだい》をサボろうとしていると、お母さんはわかっていたからです。

「僕《ぼく》」が言う洗脳《せんのう》ミュージックとは、ラジオ体操《たいそう》のことなのです。

お母さんは、「僕《ぼく》」がラジオ体操《たいそう》をせずにだらだら過《す》ごしたいだけだと見抜《みぬ》いて、怒《おこ》っていたのでした。

長い休み期間、ラジオ体操《たいそう》で少しくらい動いておかないと、体がなまってしまいますからね。

Episode

ノノハとイロハ

ノノハは、ひとつ年上のお姉ちゃんとケンカばかりしている。
お姉ちゃんときたら、とにかくイジワルなのだ。
学校から帰ってきても、ちっとも一緒《いっしょ》に遊んでくれない。
オモチャをたくさん持っているのに、ひとつも貸《か》してくれない。
話しかけると、うるさいからあっちに行ってと言う。
お姉ちゃんは、ノノハのことがきらいなのかもしれない。

イロハは、ひとつ年下の妹とケンカばかりしている。
妹ときたら、とにかくワガママなのだ。
宿題をしているのに、一緒《いっしょ》に遊ぼうとさわぐ。
勝手にオモチャを持っていっては、こわしてしまう。

キーキーした声でどなるから、とてもうるさい。
妹は、イロハのことがきらいなのかもしれない。

一方で、妹のノノハは姉のイロハが大好《だいす》きだ。
イロハは学校から帰ってくると、いつもノノハと遊んでいる。
オモチャはふたりで仲良《なかよ》く使っている。
ノノハとイロハは、いつまでもおしゃべりをしていられる。
姉のイロハも、妹のノノハが大好《だいす》きだ。

でも、それならノノハがケンカしているお姉ちゃんって、だれのことだろう?
イロハがケンカしている妹って、だれ?
ふたりは仲直《なかなお》りをしたわけでもないのに、どうしてチグハグなことを言うんだろう?

○『ノノハとイロハ』にかくされた意味

ノノハはお姉ちゃんとケンカばかりしていて、イロハも妹とケンカばかりしている。
それなのに、ノノハとイロハはおたがいのことが大好《だいす》きだそうなのです。
これはどういうことでしょう?
実はこのふたりは、三姉妹の長女と三女なのです。
姉のイロハのひとつ下に妹がいて、ふたつ下の妹がノノハです。
上から順《じゅん》に、長女のイロハ、次女、三女のノノハというぐあいです。
どうやらイロハとノノハは、次女とはケンカが多いようですね。
今はそうでも、もう少し大きくなったら三姉妹が仲《なか》よくなれるといいのですが。

Episode

なわとびの天才

コウスケは、小学校で一番なわとびが得意《とくい》だ。

一年生のときにはもう二重《にじゅう》とびができたし、三年生ではなんと、三重《さんじゅう》とびもできるようになってきた。

三重《さんじゅう》とびができる子なんて、コウスケが通う小学校には、他に誰《だれ》もいない。

学校全体でやるなわとびの技《わざ》チャレンジは、六年生をさしおいて、コウスケが真っ先にすべてクリアしてしまった。

だから、みんながコウスケには一目置《お》いていた。


ところがだ。

コウスケが四年生になったとき、新しく入ってきた一年生が、五重《ごじゅう》とびができるらしいというわさになった。

コウスケはまだ三重《さんじゅう》とびも安定していないのに、新一年生が、四重《よんじゅう》とびすら抜《ぬ》かして五《ご》重《じゅう》とびをするなんて！

とうてい信《しん》じられなかったコウスケは、うわさの一年生に、教室まで会いに行った。

「おまえ、五重《ごじゅう》とびができるって本当か？」

「うん、本当だよ！」

「うそつくなよ。そんなわけないだろ！」

「本当なんだってば。じゃあ、見せてあげるよ！」

一年生は教室に引っこむと、いろんな色のなわとびを持って戻《もど》ってきた。

そして、まだ小さな手でなわとびの持ち手を苦労《くろう》してつかむと、勢《いきお》いよくなわとびを始めたのだ。

たしかに、一年生が五重《ごじゅう》とびをしている。

うわさは本当だった。

コウスケは大笑《おおわら》いしながら、一年生をほめたたえた。

○『なわとびの天才』にかくされた意味

五重《ごじゅう》とびをする一年生なんて、すごい天才が現《あらわ》れましたね。

ですが、コウスケはくやしがることもなく、おどろくこともなく、大笑《おおわら》いしています。

どうしてでしょうか？

それは、一年生の五重《ごじゅう》とびが、コウスケが考えていたものとは違《ちが》ったからでした。

なわとびの二重《にじゅう》とびは、ジャンプしている間になわとびを二回まわすこと。

ですから五重《ごじゅう》とびは、ジャンプしている間になわとびを五回まわすことを指します。

しかし、コウスケが見た五重《ごじゅう》とびは、五本のなわとびを使って前とびをするというものだったのです。

持ち手を持つのに苦労《くろう》していたのは、なわとび五本をいっぺんににぎったからです。

この子がもっと大きくなったら、六重《ろくじゅう》とび、七重《ななじゅう》とびなんてことも、できてしまいそうですね。

Episode

羽ばたくフェニックス

雑誌《ざっし》の記事を作るのが、僕《ぼく》の仕事だ。

記事のテーマを決めたら、それにそった所へ出かけていって、取材《しゅざい》をしたり調べものをしたりして、決められた文字数におさまるように記事を書く。

テーマは毎回ちがうから、いろんな所でいろんな話が聞けて、とても楽しい。

さあ、今回のテーマは「田舎《いなか》のよさ」だ。

田舎《いなか》のいい所をたくさん聞いて、記事にまとめあげる。

都会の人が「田舎《いなか》に旅行してみようかな」と思うような、そんな記事に仕あげたい。

「あっ、そこのおばあさん。こんにちは、ちょっといいですか？」

「はいはい、なんですか？」

「僕《ぼく》は雑誌《ざっし》の仕事をしている者です。このあたりについて記事にしたいんですが、住んでいてよかったことや、感動したことはありませんか？」

「感動したことなら、ありますよ。それも、つい最近《さいきん》です」

「本当ですか！　よかったら、ぜひ聞かせてください」

僕《ぼく》が取材用《しゅざいよう》のメモとペンを取りだすと、おばあさんは空を見あげた。

都会とちがって、田舎《いなか》の空は広くて気持ちがいい。

「あなた、フェニックスって知ってます？」

「えっ？　はい、それはまあ……」

フェニックスは、空想上の生きものだ。

別名《べつめい》を不死鳥《ふしちょう》とか、火の鳥なんていう。

死んでもまたよみがえる鳥で、その姿《すがた》は燃《も》える鳥としてよく描《えが》かれる。

「ついこの間、フェニックスを見たんですよ」

「ええっ？」

「ちょうど、あそこらへんを飛《と》んでいました」

おばあさんが空を指す。

当然《とうぜん》のことだけど、そこには何もない。

小さな雲がぷかぷかと浮《う》かんでいるだけだ。

「夜空に大きな翼《つばさ》を広げて、羽ばたいていたんです。あんな鳥ははじめて見ましたが、キレイだったたねえ……まるで、おとぎばなしのようでしたよ」

おばあさんの話に、僕《ぼく》はとまどった。

期待していた田舎《いなか》の話とはぜんぜんちがうし、フェニックスなんてものは、いるわけがないのだ。

（うーん。「田舎《いなか》には伝説《でんせつ》の鳥がかくれ住んでいる？」なんて見だしで記事にしてみるのもいいかもしれないけど……）

「でもねえ、途中《とちゅう》でフェニックスの首が消えてしまったんです」

「ええええっ？」

思わず大きな声が出てしまった。

死なないフェニックスの首が、何者かに切り落とされたということだろうか？

（ということは、見だしは「恐怖《きょうふ》！　フェニックスの首を狩《か》るモンスター出現《しゅつげん》か？」なんていうのも、いいかもしれないな）

こういう記事も、きょうみを持つ人はいる。

フェニックスが見られるかもしれないと思う人や、フェニックスをやっつけてしまうほどの強い何かをつかまえたいと思う人。

そんな人たちが旅行に来るなら、記事にしてみるのもよさそうだ。

人目につかない場所でオカルト体験《たいけん》をしてみたいと考えている人は、わりと多いのだ。

「それで、フェニックスはどうなったんですか」

「首がなくても翼《つばさ》は動いていましたから、やっぱりあれはフェニックスですよ。まちがいありません」

おばあさんの言葉に僕《ぼく》はうなずき、取材《しゅざい》メモに書きつけていく。

「ただね、フェニックスがいる間はずっと、うるさかったです。それさえなければ、もっと感動していたかもしれません」

「ん？　だれかさわいでいたんですか？」

「そうじゃなくて、ぶーんって音ですよ。ミツバチの羽音みたいな音が、ずっとしてたんです」

フェニックスの羽音ということだろうか？

僕《ぼく》が首をかしげていると、おばあさんは思いだしたようにつけ加《くわ》えた。

「そういえば、フェニックスの首がとれてからは、遠くで声が聞こえましたね。『一番から十番がうまく動いていません！』なんて、えらくあせってたみたいです」

僕《ぼく》はようやくそこで、フェニックスの正体に気がついた。

（この記事は、ダメだ。ぜんぜん使えないぞ！）

僕《ぼく》はため息をついて、メモをやぶる。

（田舎《いなか》のオカルト体験《たいけん》からは、ほど遠い話じゃないか！）

○『羽ばたくフェニックス』にかくされた意味

「僕《ぼく》」が気がついたフェニックスの正体とは、なんでしょうか。

どうやら、オカルト体験《たいけん》からは遠いもののようですが……？

夜空に羽ばたく、光る鳥。

その正体は、たくさんのドローンでした。

おばあさんが見たフェニックスは、組みこまれたプログラムで決まった動きをして夜空をいろどる、ドローンショーの練習風景《ふうけい》だったのです。

ぶーんという羽音は、たくさんのドローンから聞こえるプロペラ音。

途中《とちゅう》でフェニックスの首が消えたのは、一部のドローンがうまく動いていなかったせいです。

ドローンショーは最先端《さいせんたん》の技術《ぎじゅつ》ですから、田舎《いなか》のよさを伝《つた》えたい「僕《ぼく》」としては、記事にできません。

そういうわけで、「僕《ぼく》」はメモをやぶってしまったのでした。

Episode

シンデレラ〜現《げん》代《だい》版《ばん》〜

昼休み、アオイはクラスメイトたちと鬼《おに》ごっこをしていた。
場所は校舎内《こうしゃない》だ。
いけないことだと、みんなわかっていて遊んでいた。
だって、雨がふっているから校庭も屋上も使えないのだ。
体育館はたくさんの生徒《せいと》でいっぱいで、とても走り回れない。
だから、廊下《ろうか》や階段《かいだん》を走るしかなかったのだ。
でも、楽しい時間は唐突《とうとつ》に終わってしまった。
「こら！　危《あぶ》ないからやめなさい！」
先生の怒鳴《どな》り声が聞こえてきて、みんなはあわてて逃《に》げだした。
アオイも急いで階段《かいだん》をかけおりたけれど――途中《とちゅう》で、上《うわ》ばきがぬげてしまった！
「待ちなさい！」

先生の声が追ってくるから、取りに戻《もど》っている時間はない。

仕方なくアオイは、片方《かたほう》だけの上《うわ》ばきで、その場を走り去った。


アオイの上《うわ》ばきは、追いかけてきた先生が拾ったらしい。

あの先生は他の学年の担任《たんにん》だから、鬼《おに》ごっこをしていた生徒《せいと》たちがだれだったのか、わからないだろう。

「でも、あれがアオイの上《うわ》ばきだってわかったら、アオイだけ怒《おこ》られるんじゃない？」

「大丈夫《だいじょうぶ》。上《うわ》ばきの名前、読めないから」

「だれのものかわからないってこと？　シンデレラみたいだね」

クラスメイトの言葉に、アオイもたしかにと思う。

でも、アオイがシンデレラだとしたら、上《うわ》ばきを拾った先生は王子様だ。

上《うわ》ばきの持ち主を探《さが》しに来るかもしれない。

片方《かたほう》しか上《うわ》ばきがないアオイは、すぐに見つかってしまうだろう。

「アオイだけ怒《おこ》られるのは、かわいそうだよね」

「じゃあさ、こうしたらどう？」

ひとりのクラスメイトの提案《ていあん》に、みんながうなずく。

それならきっと、アオイが上《うわ》ばきの持ち主だと先生はわからないはずだ。


——上《うわ》ばきを拾った先生は、とあるクラスに入ってぎょっとした。

生徒《せいと》たち全員が、上《うわ》ばきをはかず、くつ下だけになっているのだ。

「……なるほど。あなたたちの中に、この上《うわ》ばきの持ち主がいて。みなさんは、その子をかばっているというわけですね？」

そもそも全員が上《うわ》ばきをはいていなければ、片方《かたほう》しか上《うわ》ばきがない生徒《せいと》はわからないだろう、というわけだ。

先生が顔をしかめて、アオイの上《うわ》ばきをつまみ上げる。

「いいでしょう。それでは今から、全員にこの上《うわ》ばきをはいてもらいます。そして、みごとにサイズが一致《いっち》した人が——」

「わああ、それはかんべんしてください！」

「上《うわ》ばきを落としたのは、アオイです！」

クラスメイトたちが悲鳴をあげて、アオイを指さす。

こうしてアオイは、上《うわ》ばきの落とし主だとあっさりバレてしまったのだった。

○『シンデレラ〜現代版《げんだいばん》〜』にかくされた意味

クラスメイトのみんなは、アオイをかばおうとしてくれていました。

それなのに、アオイが落とした上《うわ》ばきをはくようにと先生が言ったとたん、みんなは一斉《いっせい》にアオイを裏切《うらぎ》りました。

この急な心変《こころが》わりの理由は、なんだったのでしょう?

答えは簡単《かんたん》。

みんな、アオイの上《うわ》ばきをはきたくなかったからです。

あなたは、アオイのセリフで引っかかるところがありませんでしたか?

「大丈夫《だいじょうぶ》。上《うわ》ばきの名前、読めないから」

名前を書いていない、ではなく、読めない。

その意味するところは、名前が薄《うす》れて読めなくなっているか、汚《よご》れて読めなくなっているかのどちらかだと、推測《すいそく》できます。

そして、アオイの上《うわ》ばきを拾った先生は、顔をしかめて上《うわ》ばきをつまんでいました。

それは、上《うわ》ばきがとても汚《よご》れていて、あまり触《さわ》りたくなかったからなのです。

アオイの上《うわ》ばきは、もう長いこと家に持ち帰っておらず、汚《よご》れて真っ黒でした。

名前なんてとっくに読めなくなっています。

そんな上《うわ》ばきをはくように言われたクラスメイトたちは、たまったものではありません。

アオイをかばうのをあきらめてしまったのでした。


でも、みんなは友だち思いなので、自分たちも鬼《おに》ごっこをしていたと白状《はくじょう》して、アオイと一緒《いっしょ》に叱《しか》られたようですよ。

アオイはいい友だちにめぐまれたようです。

Episode

魔《ま》女《じょ》ならではの話

私《わたし》に、新しい友だちができた。

自分のことを、数百年の時を生きる魔女《まじょ》だと言いはる少女だ。

私《わたし》は、この奇妙《きみょう》な少女――魔女《まじょ》との時間を気に入っている。

魔女《まじょ》は、私《わたし》がカフェテラスでパソコンを広げていると、いつの間にかあらわれる。

――リーン、リーン、リーン――

その時はいつも透《す》き通った鐘《かね》のような音がする。中学校の授業《じゅぎょう》が終わったらやって来ているのだろう。

「今日もあたしの話を聞いていく?」

魔女《まじょ》の問いかけに、私《わたし》はうなずいてみせた。

彼女《かのじょ》の話を聞いていると、不思議《ふしぎ》といいアイディアが湧《わ》いてくるのだ。

真っ白だったパソコンの原稿《げんこう》は、魔女《まじょ》と会うたびに文字で埋《う》まっていった。

「でも、たまには君自身の話を聞きたいな」

私《わたし》のリクエストに、魔女《まじょ》がきょとんとする。

「君があちこちで見たり聞いたりした話も、とてもおもしろいけど。魔女《まじょ》である君自身が体験《たいけん》した話も、聞いてみたい」

「つまり、魔女《まじょ》ならではの話ってこと？」

「そう。ホウキで空を飛《と》んだり、魔法《まほう》で何かをしたりする話が聞きたいな」

「いいわ。それじゃ、こんな話はどうかしら」

魔女《まじょ》はレモネードを一口飲むと、遠い目をして話し始めた。


これは、あたしがひとり暮《ぐ》らしをしていたときの話よ。

あたしは人目につかない山奥《やまおく》で、木の実や川魚を食べて生活していたの。

家はなかったけれど、居心地《いごこち》のいいほら穴《あな》があったから、そんなに不便《ふべん》じゃなかった。

あたたかい毛皮は洗《せん》たくの必要《ひつよう》がなくて、とても楽だったわ。

でも、長いこと山で暮《く》らしていると、だんだんさびしくなるのね。

山にはイノシシやシカがいたけれど、あたしを見るとみんな逃《に》げだすんだもの。

それで、町へ行ってだれかと話をしようと思ったの。

あたしはのしのしと山をおりて、一番近くの町へ向かったわ。

でもね、出会う人たちはみんな、あたしを見るとキャーキャーさけんで逃《に》げていった。

家やお店の中にこもって、ドアや窓《まど》に鍵《かぎ》をかけてしまうのよ。

そのうち、パトカーのサイレンの音が近づいてきたから、あたしはあわてて山に戻《もど》ることにした。

その日はけっきょく、だれとも話せなくてね。

ほら穴《あな》の中で悲しくなってうつむいたときに、自分を見てハッと気づいたの。

そういえばあたし、人間じゃなかったなって。


話し終えると、魔女《まじょ》はいたずらっぽく笑《わら》った。

「町の人たちがどうしてあたしから逃《に》げたのか、わかる?」

「君が魔女《まじょ》だからじゃないの?」

「ちがうわ。言ったでしょ？　あたしが人間じゃなかったからよ」

魔女《まじょ》の言い分に、私《わたし》は首をかしげる。

魔女《まじょ》が人間ではないと、私《わたし》はよくわかっているつもりだが……。

そういえば、町の人たちはどうして彼女《かのじょ》が人間ではないとわかったのだろう？

○『魔女《まじょ》ならではの話』にかくされた意味

山からおりた魔女《まじょ》を見て、町の人たちは悲鳴をあげて逃《に》げだしました。

「私《わたし》」はその理由を、彼女《かのじょ》が魔女《まじょ》だからだと考えていますが、ちがうのです。

魔女《まじょ》はこの話を、「私《わたし》」のリクエストにこたえる形で話しています。

だからこれは、ホウキで空を飛《と》んだり、魔法《まほう》で何かをしたりするような、いかにも魔女《まじょ》らしい物語なのです。

実はこの魔女《まじょ》、山では別《べつ》の生きものに変身《へんしん》して暮《く》らしていました。

その生きものとは、クマです。

だから魔女《まじょ》は家を持たずにほら穴《あな》で過《す》ごしていましたし、山にいるイノシシやシカは、クマに食べられると思っていつも逃《に》げだしていたわけです。

魔女《まじょ》は山をおりるとき、うっかりして変身《へんしん》をときませんでした。

町の人たちは、急にクマがあらわれたのがおそろしくて、逃《に》げていたのですね。

Episode

転落人生

少し前まで、ヨウタは貴族《きぞく》のごとき待遇《たいぐう》を受けていた。

その場にいる者は全員、ヨウタの顔色をうかがい、おせじを言う。

「さっすが、ヨウタ！」

「やっぱりヨウタが一番だなあ。かなわないよ」

ちやほやされ、ほめちぎられ、ヨウタは得意満面《とくいまんめん》だった。

その中でも、リナはみつぎものまで渡《わた》してきていた。

リナの財産《ざいさん》で特《とく》に高価《こうか》なものをヨウタに差《さ》しだして、どうにか生き長らえていたのだ。

ヨウタはそんなリナをかわいそうに思い、自分の財産《ざいさん》からわずかばかりのほどこしを、
彼女《かのじょ》に与《あた》えてやっていた。

「ほらよ、リナ。受けとれよ」

「くっ……ありがとうございます……」

悔《くや》しさをにじませるリナを、ヨウタはいい気分で見ていた。

——それなのに。

今、ヨウタとリナの立場はまるっきり逆転《ぎゃくてん》していた。

この場にいる全員が、今度はリナの顔色をうかがい、おせじを言っている。

「いやあ、リナならいつかやるって思ってたんだ」

「カッコよかったよ、リナ！」

リナはふふんと笑《わら》い、ヨウタを見下ろした。

「それで、ヨウタ。みつぎものは？」

「うぐ……どうぞ、お納《おさ》めください……」

「ふーん……ま、いいわ。それじゃ、かわいそうなヨウタにほどこしをあげる」

リナから差《さ》しだされた、なんの役にも立たない内容《ないよう》のほどこしを、ヨウタはぺこぺこと頭を下げて受けとる。

くつじょくだった。

（くそっ……今に見てろよ、リナ！）

ヨウタはリナにこびへつらいながら、じっと機会《きかい》をうかがう。
あせってはいけない。
がまんしていれば、いつかチャンスがめぐってくるはずなのだ。
(もう一度リナを地の底《そこ》まで落としてやる!)
(頂点《ちょうてん》に立つのは、このオレだ!)
逆転《ぎゃくてん》に必要《ひつよう》な四つの財産《ざいさん》が、手の中にそろうまで。
ヨウタは闘志《とうし》を燃《も》やし続《つづ》けるのだった。

○『転落人生』にかくされた意味

貴族《きぞく》、財産《ざいさん》、みつぎもの、ほどこし。

お金持ちの子どもたちのお話みたいでしたね。

ヨウタは彼《かれ》らの頂点《ちょうてん》に君臨《くんりん》していましたが、なぜかリナにその地位《ちい》をうばわれてしまったようです。

一体、何が起こったのでしょう？

実のところ、ヨウタもリナもお金持ちの子どもではありません。

ごく普通《ふつう》の家庭に育った、ごく普通《ふつう》の暮《く》らしをしている子どもたちです。

でも、とあるゲームをするときは、役になりきってプレイします。

そのゲームとはトランプの「大富豪《だいふごう》」です。

「財産《ざいさん》」とは、配られた手札《てふだ》のこと。

頂点《ちょうてん》に立つ大富豪《だいふごう》が大貧民《だいひんみん》に渡《わた》す弱い手札《てふだ》を「ほどこし」と呼《よ》び、大貧民《だいひんみん》が大富豪《だいふごう》に渡《わた》す強い手札《てふだ》を「みつぎもの」と呼《よ》んでいたのです。

少し前までヨウタは大富豪《だいふごう》で、リナは大貧民《だいひんみん》。

ところがリナの大逆転《だいぎゃくてん》により、その立場はすっかり入れ替《か》わってしまったのでした。

ヨウタが再《ふたた》び大富豪《だいふごう》の座《ざ》に返りざくには、同じ数字のトランプを四枚《まい》そろえて、革命《かくめい》を起こすしかありません。

はたして、最後《さいご》に笑《わら》っているのはだれなのでしょうか。

Episode

スケッチブックの空

山のてっぺんで、画家はキャンプをしながら絵を描《え》《が》いていた。

オレンジとピンク、紫《むらさき》などがまざった夕焼《ゆうや》けの空を、夢中《むちゅう》でキャンバスに描《か》いていく。

彼《かれ》は空ばかりを描《か》く、売れない画家だ。

家には、だれにも見られずに何年もたってしまった空の絵がたくさんある。

それでも画家は、空ばかりを描《えが》いていた。

子どものころに読んだ絵本がきっかけで、空が大好《だいす》きになったのだ。


もうぼんやりとしかおぼえていないけれど、空を作る神さまの絵本だったように思う。

空は毎日色がちがうし、浮《う》かぶ雲の形もちがう。

今日の空をどんなふうにするのかは、空を作る神さまたちが絵に描《か》いて決めているという、そんな内容《ないよう》だった。

画家はその絵本を読んだとき、描《えが》かれている空がとてもキレイなことに感動して、自分も空を描《か》く人になりたいと思ったのだった。

(おや。今日はなんだか、日がしずむのがゆっくりだな)

画家は夕焼《ゆうや》けを描《か》きながら、ふと思った。

今は十二月だから、夕焼《ゆうや》け空はすぐに暗くなって、あっという間に夜が来てしまう。

だから画家はあわただしく空を描《か》くことが多いのに、今日は時間がたっぷりあるような気がした。

(今、何時なんだろう?)

時間を確認《かくにん》しようとした画家の耳に、急に泣《な》き声が聞こえてきた。

おどろいて後ろを見ると、まだ小学生にもなっていないくらいの男の子が、スケッチブックを持って泣《な》いている。

「どうしたの?」

山のてっぺんに、こんなに小さな子どもがひとりでいるなんてと、画家は心配になる。

男の子は涙声《なみだごえ》で答えた。

「パパがケガしちゃったから、今日の当番ができないんだ」

男の子が、持っていたスケッチブックを開く。

そこには、オレンジとピンクが混《ま》じった美しい空の絵が描《か》かれていた。

ちょうど今の空のような、見事な夕焼《ゆうや》けだ。

だけど次のページの絵は、ひどいものだった。

真っ黒な絵の具がぐちゃぐちゃと広がった上に、ゆがんだ水玉もようが描《えが》かれている。

「パパのかわりに描《か》いてみたけど、こんなの変《へん》だって、おこられちゃった」

どうやら男の子は、夜空を描《か》きたいようだ。

ぼろぼろと涙《なみだ》をこぼしている男の子がかわいそうに思えて、画家は言った。

「それなら、僕《ぼく》が協力《きょうりょく》してあげよう。おいで」

画家は男の子を手まねくと、スケッチブックの新しいページを開いた。

「まず、夜空は真っ黒じゃないんだよ。よく見ると、紺色《こんいろ》とか、青とか紫《むらさき》とか、いろんな色が混《ま》じってるんだ」

絵の具を出して、画家は夜空の色をスケッチブックにぬり広げていく。

それから、歯ブラシと目の細かいザルを取りだした。

ザルに白い絵の具を広げて、スケッチブックに向かって、歯ブラシでこする。

すると、画家が描《えが》いた夜空に、細かな白い点がたくさん散《ち》らばった。

「うわあ！　星だ！　星空になった！」

男の子がうれしそうな声をあげて、スケッチブックを抱《だ》きしめる。

ちょっと星の量《りょう》が多くて天の川みたいになったけれど、気に入ってもらえたようだ。

「すごくキレイ！　これならきっと、パパの当番のかわりになるよ！」

すっかり泣《な》きやんだ男の子が、ふわりと浮《う》きあがった。

「わああっ!?」

びっくりしすぎてさけんだ画家に、男の子が笑顔《えがお》を向ける。

「これでちゃんと、夜が来るよ。おじさん、ありがとう！」

次の瞬間《しゅんかん》、男の子はすうっと空にのぼって消えてしまった。

「わあああああ!?」

画家は、自分のさけび声で目をさました。

いつの間にか、いねむりをしていたらしい。

あたりは真っ暗で、とっくに夜になっているようだ。

（おかしな夢《ゆめ》を見たなあ）

画家は伸《の》びをしながら空を見あげ、それから自分の目をうたがった。

そこには、十二月の夜空とはまったくちがう、明るい星くずが川のようになってきらめく空が広がっている。

画家は自分の作品が、たった今世界中の人に見られているのだと、気がついた。

○『スケッチブックの空』にかくされた意味

目がさめた画家の頭上に広がっていたもの。

それは、大量《たいりょう》の星が集まってできる、天《あま》の川《がわ》でした。

天《あま》の川《がわ》といえば七夕《たなばた》のイメージがありますが、実は一年中見ることができます。

ただし、冬の天《あま》の川《がわ》は夏にくらべて光がうすく、ぼんやりしています。

ところが、この日の夜空には、十二月だというのに夏のように明るい天《あま》の川《がわ》が、くっきりと見えたのです。

まるで、画家が夢《ゆめ》の中で男の子のスケッチブックに描《か》いてあげた、星空そのものです。

もしかしたらあの男の子は、画家が昔読んだ絵本に出てきた、空を作る神さまの子どもなのかもしれません。

そして、ケガをしたパパの絵の代わりとして、画家が描《か》いた絵を今夜の空に使ってくれたのかもしれません。

もちろん、そんなのはただの夢《ゆめ》だという可能性《かのうせい》もありますが……。

でも、どうせなら絵本に描《か》かれていたことは本当だったと考えたほうが、ステキな気がしませんか？

画家は、今夜の空の美しさをずっと忘《わす》れないでしょう。

Episode

ほこりをかけた戦《たたか》い

アンディは、最後《さいご》の敵《てき》を前に苦戦《くせん》していた。

限《かぎ》られた時間の中で倒《たお》した数々《かずかず》の敵《てき》の姿《すがた》は、アンディに自信《じしん》をもたらす。

だが、たくさんの強敵《きょうてき》を倒《たお》したアンディの力をもってしても、そのたったひとりだけが倒《たお》せない。

そいつは真っ白に輝《かがや》いていた。

その白い姿《すがた》を見ているうちに、アンディの全身から汗《あせ》がふきだしてくる。

(もう、あきらめたい。逃《に》げだしてしまいたい)

目を背《そむ》けようとするアンディの心に、しかし消えない闘争心《とうそうしん》が燃《も》えあがる。

(いいや、だめだ。たとえ、ここで逃《に》げだしたとしても、みんなは責《せ》めないだろう。むしろ、よくやったとたたえてくれるかもしれない。だが、それでも……この敵《てき》を倒《たお》さずにあきらめたという事実は、この先ずっとオレの心をむしばむんだ)

アンディは、片手《かたて》に握《にぎ》った自分の武器《ぶき》をぐっと握《にぎ》りしめた。

（これは、オレのプライドの問題だ。敵《てき》は全員倒《たお》すと決めて、ここまで来た！　こいつだって例外《れいがい》じゃやない！）

白く輝《かがや》く敵《てき》をきつく見すえ、アンディは必死《ひっし》に考える。

（思いだせ……こいつは確《たし》か……水属性《ぞくせい》。……いや、火……違《ちが》う。「土」属性《ぞくせい》だ！）

（そして、対応《たいおう》する武器《ぶき》は……刀？　いや、矢だ。こいつには「矢」が必要《ひつよう》だ！）

（いいぞ！　順調《じゅんちょう》に思いだしてきた！）

（しかし、最後《さいご》の決め手に欠《か》けるな。……なんだ？　難《むずか》しいぞ……むむむっ……）

思わずうなったアンディは、ハッとした。

（そうだ！　最後《さいご》の決め手は「ム」だ！）


そうしてアンディは、見事に全ての敵《てき》を倒《たお》し終えた。

後日届《とど》いた一枚《まい》の紙に、アンディは飛《と》びはねて喜《よろこ》んだのだった。

○『ほこりをかけた戦《たたか》い』にかくされた意味

アンディが挑《いど》んでいた敵《てき》とは、なんだったのでしょうか。

そのヒントは「土」属性《ぞくせい》、「矢」が必要《ひつよう》、「ム」が決め手という部分にあります。

「土」「矢」「ム」を組み立ててみましょう。

すると、ある漢字が浮《う》かんできます。

「埃《ほこり》」という漢字です。

掃除《そうじ》をしないでいると、いつの間にか階段《かいだん》のすみや棚《たな》の上、床《ゆか》のすみなどに現《あらわ》れる、あの「ほこり」です。

少し難《むずか》しい漢字ですね。


この日アンディは、日本漢字能力検定《にほんかんじのうりょくけんてい》という、漢字の検定試験《けんていしけん》に挑《いど》んでいたのでした。

たくさんの漢字の問題を解《と》き進んでいたのに、「埃《ほこり》」という漢字をど忘《わす》れしてしまい、こまっていたのですね。

試験《しけん》用紙の解答がそこだけ埋《う》まらなかったので、アンディの目には解答欄《らん》が白く輝《かがや》いて見えました。

アンディが片手《かたて》に握《にぎ》っていた武器《ぶき》とは、えんぴつのこと。

後日届《とど》いた一枚《まい》の紙とは「満点合格証書《まんてんごうかくしょうしょ》」です。

検定《けんてい》を満点《まんてん》で合格《ごうかく》した人にだけ届《とど》く、特別《とくべつ》な証明書《しょうめいしょ》なのです。

アンディは、満点合格証書《まんてんごうかくしょうしょ》が欲《ほ》しくて、漢字をたくさん勉強していました。

漢字のおぼえ方はちょっと独特《どくとく》ですが、それがよかったのかもしれません。

見事に、検定《けんてい》で満点《まんてん》を取ることができました。


ちなみに、アンディとは彼《かれ》の名字「安藤《あんどう》」からつけられたあだ名です。

アンディはれっきとした日本人です。

そして、このお話のタイトルは漢字で書くとこうなります。

『埃《ほこり》を書けた戦《たたか》い』

Episode

光る幽《ゆう》霊《れい》

詩《し》乃《の》は小学校にあがる前からずっと、ピアノを習っている。

どんなにむずかしい曲でも、練習をすればだんだんと弾《ひ》けるようになるのが、ピアノの楽しいところだ。

通っているピアノ教室は家から離《はな》れたところにあって、おけいこの日はいつもパパかママが送り迎《むか》えをしてくれていた。

だけど四年生になって、そろそろひとりで行けるようになりなさいと言われた。

でも、詩《し》乃《の》は気が進まない。

ピアノ教室から帰る時間は、もう外が暗いのだ。

特《とく》に、途《と》中《ちゅう》の道は街《がい》灯《とう》がぽつぽつとしか立っていなくて、とてもうす暗い。

ぶきみな感じがして、ひとりで歩くのはいやなのだ。

でも、四年生になったのだからこわがってばかりではいけないと、詩《し》乃《の》は思う。

だから、今日はがんばってひとりでピアノ教室に行くことにした。

「帰りは暗いから、これを着て歩くんだよ」

パパがくれた上着と、お守りの人形をバッグに入れて、おけいこに向かう。

ピアノ教室が終わったら、いよいよ暗い帰り道だ。

詩乃《しの》は上着をはおって、人形を前に抱《だ》きかかえて、道を歩いた。

上着にはあちこちにテープのようなものが貼《は》られていて、さわるとツルツルする。

そこへ、一台の車が正面からやって来た。

ライトがまぶしくて、詩乃《しの》は思わず目を閉《と》じる。

「うわあああああ！」

通りすぎていく車から、悲鳴が聞こえた。

「幽霊《ゆうれい》だ！」

車に乗っている人のさけび声が、どんどん遠ざかっていく。

詩乃《しの》は、ふるえながら走りだした。

やっぱり、この道は暗いから幽霊《ゆうれい》が出るのだ。

とにかく早く通りすぎて、家に帰ったほうがいい。

そこへ、今度は自転車が向かってきた。

自転車のライトがまぶしくて、詩乃《しの》は足を止める。

「きゃあああ！　オバケ！」

自転車をこいでいた人が悲鳴をあげ、スピードをあげて逃《に》げていく。

詩乃《しの》は、ますますふるえながらもう一度走りだした。

心の支《ささ》えは、かかえている人形だ。

これは、昔から詩乃《しの》が寝《ね》るときもずっと一緒《いっしょ》にいる、着物を着た女の子の人形だ。

この子といると、詩乃《しの》はひとりじゃない気がしてくるのだ。

途中《とちゅう》でもうひとり、歩いている人ともすれちがったけれど、その人はこわがっている様子はなかった。

そのおかげで、詩乃《しの》は少しだけ心を落ち着かせられた。

幸いなことに、詩乃《しの》は幽霊《ゆうれい》を見ることなく家に帰ることができた。

ところが、翌日《よくじつ》からおそろしいうわさが流れはじめた。

詩乃《しの》が通ったあの道は、夜になると真っ白に光る幽霊《ゆうれい》が出る。

髪《かみ》を振《ふ》り乱《みだ》した着物の女の子が、光の中で浮《う》いているのだと。


詩乃《しの》はすっかりおそろしくなってしまい、次からはピアノ教室についてきてほしいと、
パパとママにたのみこんだ。

「そんなうわさがあるんじゃ、不安《ふあん》だろうしな。わかったよ」

パパは詩乃《しの》に渡《わた》した上着を回収《かいしゅう》すると、ぼそりとつぶやいた。

「道が暗くてあぶないというのは、解決《かいけつ》できたと思ったのになあ」

○『光る幽霊《ゆうれい》』にかくされた意味

詩乃《しの》のパパのつぶやきには、どんな意味があったのでしょう？

道が暗くてあぶないことを、どうやってパパは解決《かいけつ》しようとしたのでしょうか？

ひみつは、詩乃《しの》が着ていた上着にあります。

上着のあちこちに貼《は》られていたテープは、光が当たると強い光を反射《はんしゃ》する、反射《はんしゃ》テープだったのです。

暗い道では車や自転車から歩いている人が見えにくいので、心配したパパが用意してくれたのですね。

ところが、テープがあまりに多く貼《は》られていたものですから、ライトが当たると詩乃《しの》の姿《すがた》は、強烈《きょうれつ》な反射《はんしゃ》の光でかき消されてしまいます。

ですが、抱《だ》きかかえていた着物の人形は詩乃《しの》の上着よりも前にあったため、車や自転車に乗っていた人からは、白い光の中に着物の女の子が浮《う》かんでいるように見えたのです。

詩乃《しの》が幽霊《ゆうれい》のうわさの真実に気がつく日は、はたして来るのでしょうか。

Episode

素《す》直《なお》になれない

上を見るのが好《す》きな少年がいた。
広い空、ゆっくりと形を変《か》えていく雲。
列になって飛《と》んで行く鳥の群《む》れ、一直線に飛《と》び去って行く飛行機《ひこうき》。
ばらばらと落ちてくる雨粒《あまつぶ》、のぼっていくシャボン玉。
都会なら、張《は》りめぐらされた電線を目でたどるのも楽しい。

下を見るのが好《す》きな少女がいた。
雪に残《のこ》った足あと、歩いて行く人たちのくつの色や形。
木陰《こかげ》を這《は》っているアリの列、風にゆれる名もなき草花たち。
大雨の後の水たまりをのぞきこんだり、だれかの落としものを見つけたり。
都会なら、道にしっかりと組みこまれたタイルを数えるのも楽しい。

少年と少女は友だちだ。

けれど、おたがいに好《す》きなところは決してゆずらなかった。

「下ばっかり向いてると、姿勢《しせい》が悪くなるぞ」

「上ばっかり向いてると、つまずいて転んじゃうんだから」

こんなふうに言い合うのは、めずらしいことじゃない。

ところが、急に少女の転校が決まった。

間の悪いことに、それはふたりがケンカ中のことだった。

少女が転校するまでの間、ふたりはずっとケンカしたままだ。

もう会えなくなるかもしれないと考えたら、どうやって仲直《なかなお》りをしていいのかわからなくなってしまったのだ。

ふたりは素直《すなお》になれないまま、とうとう転校の日を迎《むか》えてしまった。

「お前はさ、ぜったいに上を見たほうがいいからな」

別《わか》れのときになって、少年はそう言いながら少女に手紙を差《さ》しだした。

最後《さいご》までそんなことを言わなくてもいいのにと思いながら、少女は手紙を受けとる。

「ぜったいに、上を見ろよ！」

少年は念押《ねんお》しすると、涙《なみだ》をこらえるような顔つきになって走り去ってしまった。

少女がもらった手紙には、こんなことが書かれていた。

ずいぶんと急に転校するんだな。
つま先ばかり見てたっていいことないぞ？
とにかく、上を見ることが楽しいってお前にみとめさせたい！
土地よりも空のほうがいいと思うって、
もっとお前と話しておけばよかった。
大地は広いけど、大空だって広いんだからな！
チワワ飼《か》いたい。

少女はしばらくして、少年が言いたかったことに気がついた。

そして手紙の返事に、うんうんと悩《なや》みながらこんなことを書いた。

【たまには上を見るのもいいね。でも、下だってなかなかいいでしょ?】

いつまでも
ぐちぐち
上を見ろ
ばっかり言わなくてもいいん
だって、やっとわかったんだ
柴犬《しばいぬ》もいいよ

こうしてふたりは、仲直《なかなお》りをした。
住むところは遠く離《はな》れてしまったけれど、このちょっと変《へん》な手紙のやり取りは、ずっと続《つづ》いたのだ。

○『素直《すなお》になれない』にかくされた意味

ふたりは仲直《なかなお》りをしたようですが……それにしては、少女が送った手紙の内容《ないよう》は、なんだか変《へん》でしたね。

少年のことを、まだ怒《おこ》っているようにも見えてしまいます。

実はこれは、少女なりの暗号の手紙なのです。

少年が暗号の手紙をくれたので、少女もがんばって暗号文を考えたのでした。

ではまず、少年の手紙の暗号をといてみましょう。

少年は、手紙を渡《わた》すときに念《ねん》を押《お》していました。

ぜったいに上を見ろと。

これは、少年の手紙の一番上の文字を見てほしいという意味です。

右から見てみると「ずつと土も大チ」となりますね。

「土」は土地の「と」で、「大」は大地の「だ」ですから、一文字ずつ読むと、こうなります。

「ずっとともだち」

少女はちゃんと、この暗号に気づくことができました。

そして、少女なりの暗号をしたためて、手紙を送り返したのです。

少女は下を向くのが好《す》きですから、今度は下の文字を読んでみましょう。

「もちろんだよ」

この暗号に、少年もちゃんと気づくことができました。

だからふたりは、めでたく仲直《なかなお》りをすることができたのです。

それにしても、どちらの手紙も、最後《さいご》はだいぶ手を抜《ぬ》いた暗号になっていましたね。

暗号を考えるのはなかなかむずかしいようです。

Episode

特《とく》別《べつ》な夜

小さな男の子が、しくしくと泣《な》いていました。

星がキレイな夜のことです。

外は雪がつもって、星の光を受けてキラキラとかがやいています。

でも、それと同じくらい、男の子の涙《なみだ》もほっぺで光っていました。

「パパ、お仕事に行かないでよ」

「そんなわけにはいかないんだよ……」

男の子のパパは、これから仕事に出かけるようでした。

外はとても寒いですが、あたたかな仕事着に身をつつみ、仕事の相棒《あいぼう》と乗りものを玄関《げんかん》先で待たせています。

ですが男の子は、パパを外に出さないようにパジャマ姿《すがた》で両手を広げ、玄関《げんかん》ドアの前に立っていました。

「ぼく、パパといっしょにいたい。お仕事に行ってほしくないよ」

「ごめんよ。でも、今夜はどうしてもお仕事に行かないといけないんだ。あとでちゃんと、別《べつ》の日にお休みをとるから」

「そうじゃないよ！」

男の子は、泣《な》きながらパパをにらみつけます。

「ぼくは今日、パパといっしょにすごしたいんだ。どうして毎年、この日はお仕事なの！」

「どうしてって……見ればわかるじゃないか」

「わかるけど、いやなんだ！　行かないでよパパ！」

「そういうわけにはいかないだろう……」

今夜は特別《とくべつ》な夜です。

男の子のお友だちはみんな、家族といっしょにごちそうを食べて、楽しくすごします。

けれど男の子は、この夜をそんなふうにすごしたことは、一度もありません。

ママはいっしょにいてくれるけれど、パパはお仕事に出かけてしまい、帰ってくるのは明日の朝です。

しかも、帰ってきたパパは疲《つか》れきっていて、ずっと寝《ね》ているのです。

男の子はそれが、ずっとずっと不満《ふまん》でした。

「今年こそ、パパもいっしょにすごさないといやだ！」

玄関《げんかん》を通そうとしない男の子に、パパはこまりきったようすでしたが、やがて降参《こうさん》することに決めたようです。

「わかったよ。それじゃ、今夜はお前も連《つ》れて行くことにしよう」

「えっ」

「ママもいっしょに、三人で行こう。パパはお仕事をしないといけないけど、移動中《いどうちゅう》は家族ですごせるよ。それで許《ゆる》してくれるか？」

「うん、いいよ！」

「それじゃママといっしょに、あたたかい格好《かっこう》をして出ておいで。あまり時間がないから、急ぐんだよ」

「わかった！」

男の子が涙《なみだ》をふいて、うれしそうに家の中へと走っていきます。

それを見送ったパパは、玄関《げんかん》から外に出ました。

そして、乗りものといっしょに待っていてくれた相棒《あいぼう》をなでて、そっと声をかけます。

「今年はいつもより重くなりそうだけど、がんばってくれるかい？」

相棒《あいぼう》はだまってうなずきました。

やがて男の子がママといっしょに戻《もど》ってきて、パパと三人で乗りものに乗りこみます。

「それじゃ、行こう！」

パパのかけ声で、相棒《あいぼう》が乗りものを出発させました。

星空に、シャンシャンと鈴《すず》の音が響《ひび》き渡《わた》ります。

この夜、男の子はパパの仕事ぶりを見て、パパのことがもっと大好《だいす》きになりました。

だから来年は、パパがいなくてもがまんしようと思えるようになったのです。

○『特別《とくべつ》な夜』にかくされた意味

男の子が家族三人ですごせて、よかったですね。

ところであなたは、男の子がこんなに泣《な》いているのにお仕事を休まないなんて、ひどいパパだと思ったかもしれません。

ですが、パパはどうしてもお仕事を休めなかったのです。

この日は、クリスマスイブの夜でした。

そしてパパの職業《しょくぎょう》は、サンタクロースなのです。

仕事着は真っ赤なサンタクロースの衣装《いしょう》ですから、男の子はパパが他の子どもたちにクリスマスプレゼントを配りに行くのだと、ちゃんとわかっていました。

でも、自分だけイブをパパとすごせないのが、どうしてもいやだったのです。

パパのはからいで、男の子はサンタクロースのソリに乗って空を飛《と》びました。

そして、パパがたくさんの子どもたちにクリスマスプレゼントを配る姿《すがた》を見て、とてもカッコいいと思いました。

だから次の年からは、ちゃんと家で待っていようと思ったのです。

相棒《あいぼう》のトナカイもいっしょに、みんなで夜空を飛《と》び回ったことは、男の子にとって特別《とくべつ》な思い出となったことでしょう。

それにしても、サンタクロースの子どもだなんて、うらやましいですね。

きっと家には、オモチャがたくさんあるのではないでしょうか。

Episode

すごいお店

ハルミの両親は、思い出をとても大事にしています。

お父さんは、誕生日《たんじょうび》会や運動会、どこかへ旅行したときなど、何かイベントがあるとすぐに家族で写真を撮《と》りたがります。

お母さんは、家族の写真を使って作れるカレンダーやマグカップといった雑貨《ざっか》を、よく作りたがるのです。

だからハルミの家には、遊びに来た友だちがビックリするほど、家族全員の写真や雑貨《ざっか》がたくさんありました。

ハルミはそれがはずかしくて、小学校に上がってからは写真を撮《と》られそうになると、逃《に》げだすようになっています。

そんなある日のことです。

「ねえ、すごいお店を見つけちゃったの！」

夜中にハルミは、お母さんの興奮《こうふん》した声で目をさましました。

リビングをのぞいてみると、両親が一枚《まい》のチラシをながめて話しています。

「このお店に行けば、あたしたちの姿《すがた》はずっと今のまま保存《ほぞん》されるわ！」

「たしかに、これはすごい。よくこんな店を見つけてきたな」

「写真はそのうち色あせるし、マグカップは使っていて割《わ》ってしまったこともあるでしょ？　もっと丈夫《じょうぶ》なものはないかって、いろいろと探《さが》したのよ」

「よし、今度三人で行ってみよう。もうすぐハルミの誕生日《たんじょうび》だから、いい記念《きねん》になるぞ」

「でも、あの子いやがらないかしら？」

「だまって連《つ》れていけばいいさ。店に入ってしまえば、ハルミだって逃《に》げないだろう」

「それもそうね。じゃ、予約《よやく》しておくわ」

両親が話しているすごいお店とは、いったいなんなのでしょう。

いやな予感がしたハルミは、両親がねむってしまった後でこっそりチラシを見てみることにしました。

明日の学校が終わってから、お店を調べてみようと思ったのです。

翌日《よくじつ》、放課後《ほうかご》になるとハルミは家に帰らず、チラシに載《の》っていたお店に向かいました。

ガラス張《ば》りの店内にはカメラや照明《しょうめい》がたくさんあり、撮影《さつえい》スタジオのように見えます。

でも、写真を撮《と》るだけなら両親があんな内緒話《ないしょばなし》をする必要《ひつよう》はないのです。

ハルミは用心して、裏口《うらぐち》からそっと忍《しの》びこみました。

店員さんに見つからないうちに、いそいで近くのドアの中にすべりこみます。

そこは、とても暗い部屋でした。

しんと静《しず》まり返っていて、ハルミの息づかいしか聞こえてきません。

ハルミは急におそろしくなりました。

たくさんの視線《しせん》が自分につきささっているような、そんな気がしたからです。

おそるおそる壁《かべ》に手を伸《の》ばして、電気のスイッチを入れてみます。

そのとたん、部屋に並《なら》んでいるものたちが目に入って、ハルミは息をのみました。

十センチくらいの人間が、腕《うで》を組んだり、こちらを指さしたりしてハルミを見下ろしているのです。

大きな棚《たな》にびっしりと並《なら》んでいる小さな人間の中には、ハルミが知っている人の姿《すがた》もありました。

商店街《しょうてんがい》で和菓子《わがし》屋さんをやっているおばあさんが、小さな猫《ねこ》を抱《だ》いています。

近所でよく見かけるキレイなお姉さんが、着物姿《すがた》で立っています。

どちらも本物そっくりで、生きているようにしか見えません。

ハルミは悲鳴をあげそうになるのを必死《ひっし》にがまんして、お店を飛《と》びだしました。

(あれは、何？　みんな小さくされちゃったの？)

もしも、あれが本物のおばあさんやお姉さんだったとしたら？

おばあさんやお姉さんは、行方不明《ふめい》あつかいになっているのでしょうか。

あのお店は、来た人を全員小さくしてしまうのでしょうか。

(いやだ、こわい、こわい……！)

ハルミは泣《な》きながら家に帰りました。

「まあ、どうしたの？　何があったの？」

おどろくお母さんに抱《だ》きつき、ハルミはお店で見たことをすべて話しました。

「そんなことがあったの……。ずいぶんとこわい思いをしたのね」

「うん、すごくこわかったよ……」

(これでお母さんは、お店の予約《よやく》を取り消してくれるよね?)

ほっと胸《むね》をなでおろすハルミに、お母さんはやさしい声で言いました。

「ハルミの誕生日《たんじょうび》は、絶対《ぜったい》にみんなであのお店に行こうね」

○『すごいお店』にかくされた意味

ハルミが泣《な》くほどこわがっているのに、お母さんはどうしてあのお店に行きたいのでしょうか。

しかも、わざわざハルミの誕生日《たんじょうび》にです。

それは、ハルミが見た小さな人間たちが関係《かんけい》しています。

お店にいた十センチほどの人間たちは、すべてあのお店で作られたとてもリアルなフィギュアなのです。

百台以上《いじょう》のカメラを使って、三百六十度から撮影《さつえい》したデータをもとに作られたフィギュアは、本物そのもののできばえです。

ハルミが本物の人間だと思ってしまったのも、無理《むり》はありません。

それだけリアルなフィギュアを作るには高い費用《ひよう》がかかるため、とっておきの記念日《きねんび》にあのお店に行く人が多いようです。

商店街《しょうてんがい》のおばあさんは、飼《か》い猫《ねこ》が十歳《さい》をむかえたお祝《いわ》いにフィギュアを作りました。

近所のお姉さんは、成人《せいじん》の記念《きねん》にフィギュアを作ったのです。

ハルミの両親は、ハルミの誕生日記念《たんじょうびきねん》にどうしても、家族一緒《いっしょ》のフィギュアを作りたいようですね。

事情《じじょう》を知ったハルミは、後日家族であのお店に出かけていったそうです。

自分そっくりのフィギュアがどんなできばえになるのか、気になってしまいますよね。

Episode

鐘《かね》の魔《ま》法《ほう》

——リーン、リーン、リーン、リーン——

「こんにちは。原稿《げんこう》は、どう？　進んでいる？」

鐘《かね》の音が響《ひび》き、カフェテラスへ魔女《まじょ》があらわれた。

私《わたし》はパソコンから顔をあげる。

「なんとかかね。それより今日もまた、魔女《まじょ》ならではの話を聞かせてほしいな」

「それで新刊《しんかん》がちゃんと出るのなら、いいわ」

そうして何かを話しだそうとした魔女《まじょ》が、ふとつぶやいた。

「ところで、あたしたちが会うのは、今日で何回目だったかしら？」

どうしてそんなことを聞くのだろうと思いながら、私《わたし》は記憶《きおく》をさかのぼる。

（このカフェで会ったのは、今日で四回目で……最初《さいしょ》に見たのも数えると……）

「君と会ったのは、今日で五回目だね」

「そう。……楽しかったから、数え忘《わす》れていたけれど。もう五回目なのね」

魔女《まじょ》はため息をつくと、レモネードを一口飲んだ。

「わかったわ。それじゃ、今のあたしたちにピッタリの、魔女《まじょ》のおきてを教えてあげる」


あたしのように、何百年と生きている魔女《まじょ》は、そう多くないの。

ずっと昔はたくさんの魔女《まじょ》がいたけれど、どんどん殺《ころ》されてしまったから。

魔女狩《まじょが》りといってね、人間がよってたかって魔女《まじょ》を火あぶりにした、そんな時代があったのよ。

だから生き残《のこ》った魔女《まじょ》は、人間と仲良《なかよ》くなってはいけないという決まりを作ったの。

今の時代に、人間に火あぶりにされるなんてありえないけれど。

それでも、仲良《なかよ》くなりすぎたら危険《きけん》かもしれないという理由で、魔女《まじょ》がひとりの人間に会っていい回数に、制限《せいげん》をかけた。

それが、五回まで。

だからあたしたち、今日でお別《わか》れね。

話し終えた魔女《まじょ》は、まだ残《のこ》っていたレモネードを勢《いきお》いよく飲みほした。

「そういうわけだから、もうここへは来ないわ」

「えっ……今の話は、本当？」

「もちろん本当よ。あたし、うそはつかないわ」

きっぱりと言う魔女《まじょ》に、私《わたし》はうろたえてしまう。

「でも、今日でお別《わか》れなんて急すぎるよ。こっそり会うことはできないの？」

「だめなの。あたしが話しかける人間には、鐘《かね》の音が聞こえるのよ。一回話しかけたら、一回。二回話しかけたら、二回っていうふうに。あなたにも聞こえていたでしょう？」

たしかに、魔女《まじょ》がやって来たときはいつも、鐘《かね》の音が鳴っている。

「それは魔法《まほう》。鐘《かね》の音を五回聞いた人は、あたしが立ち去るのと同時に、あたしのことを忘《わす》れるようになっているの」

「えっ！」

「仲良《なかよ》くなりすぎるのは、よくないから。……仕方のないことなの」

魔女《まじょ》はからっぽのプラスチックカップを持って、立ちあがった。

「それじゃ。少しの間だけれど、楽しかったわ。ありがとう」

「待って。本当に、もう会えないの？　せっかく友だちになったのに」

「大丈夫《だいじょうぶ》。あなたがあたしを忘《わす》れても、あたしはあなたのこと、友だちだと思っているわ」

魔女《まじょ》はさびしそうに笑《わら》うと、最後《さいご》に言った。

「原稿《げんこう》、がんばってね。3分間ミステリーの新刊《しんかん》、楽しみにしているんだから」


そうして魔女《まじょ》は、去っていった。

それからも私《わたし》は毎日カフェに通ったけれど、魔女《まじょ》は二度とあらわれなかった。

近くの中学校まで探《さが》しにいっても、そんな生徒《せいと》はいないといわれてしまう。

あの澄《す》んだ鐘《かね》の音は、もう聞こえない。

――だけど、私《わたし》が魔女《まじょ》を忘《わす》れることはなかった。

彼女《かのじょ》が聞かせてくれたたくさんの物語と、さびしそうな最後《さいご》の笑顔《えがお》を、私《わたし》はずっとおぼえていられたのだ。

○『鐘《かね》の魔法《まほう》』にかくされた意味

魔女《まじょ》がひとりの人間に会っていい回数は、五回まで。

五回鐘《かね》の音を聞くと、人間は魔女《まじょ》についての記憶《きおく》を忘《わす》れてしまうというのが、魔女《まじょ》のおきてです。

ですが「私《わたし》」は、魔女《まじょ》のことを忘《わす》れないで済《す》みました。

それは、最初《さいしょ》に会った日――つまり、夢《ゆめ》で見た魔女《まじょ》のことも会った回数として数えて、魔女《まじょ》に話したからです。

実際《じっさい》に会って会話をした回数だけを数えれば、今回は四回目。

鐘《かね》はまだ四回しか鳴っていないのです。

Episode

ロマンチックな公園

タロくんは、心に決めていた。

（こ、ここここ、告白《こくはく》、を、するぞ！）

中学二年生の秋にある修学旅行《しゅうがくりょこう》で告白《こくはく》すると、カップルになれる確率《かくりつ》が上がるという。

タロくんは、このジンクスにかけていた。

同じクラスのハナちゃんが好《す》きなのに、勇気《ゆうき》が出なくてちっとも話しかけられない。

よく目があうけれど、はずかしくてすぐに目をそらしてしまう。

でも、こんなことではあっという間に二年生が終わって、三年生ではクラスが別《べつ》になってしまうかもしれない。

そうなったら、ほとんど話さないまま卒業《そつぎょう》をむかえてしまうだろう。

後悔《こうかい》をしたくないから、ここで告白《こくはく》するのだ。

（告白成功《こくはくせいこう》のカギは、雰囲気《ふんいき》作り。ロマンチックなところで、告白《こくはく》する！）

タロくんはそう考えて、あらかじめロマンチックな場所をしらべていた。

修学旅行《しゅうがくりょこう》二日目の自由行動時間で、大きな公園に寄《よ》れそうだ。

そこはデートスポットとして有名らしく、いつもカップルがたくさんいるらしい。

そんな公園なら、恋人《こいびと》たちの甘《あま》い雰囲気《ふんいき》におされて、ハナちゃんも告白《こくはく》を受け入れてくれるかもしれない。

タロくんは勇気《ゆうき》をふりしぼって、二日目の自由行動の前にハナちゃんに声をかけた。

「ハ、ハナちゃん。ちょっといい？」

「えっ……タロくん？　ど、どうしたの？」

「こ、このあと、よかったら一緒《いっしょ》に来てくれない？　いい感じの公園があるらしくて」

「う、ううう、うん！　行く！」

急に話しかけられたせいか、ハナちゃんから緊張《きんちょう》がつたわってくる。

タロくんはハナちゃんと一緒《いっしょ》に、ドキドキしながら公園に向かった。

(うわ、混《こ》んでる！)

公園には、予想以上《いじょう》に人がいた。

あいているベンチにすわって告白《こくはく》をしようと考えていたのに、ベンチはすべて埋《う》まってしまっている。

しかも人が多いから、告白《こくはく》しているところをだれかに聞かれてしまいそうだ。

そんなことになったら、はずかしくて言葉が出てこなくなるかもしれない。

「ど、どこかで、ゆっくり話せるといいんだけど」

「そ、そうだね。わたしも、ゆっくり話したいな」

タロくんとハナちゃんは、ちょっとあせりながら辺《あた》りを見回す。

すると、ちょうどいい場所が見つかった。

公園の中央の、ひらけたところだけ人がいないのだ。

そこは地面がコンクリートでできていて、あちこちに小さな穴《あな》があいている。

今日は雨がふっていないのに水たまりがあるから、水をまいたのか、掃除《そうじ》をしたあとなのかもしれない。

タロくんは深く気にしないで、ぬれたコンクリートの上に移動《いどう》した。

早くしないとだれか来てしまうと思って、ドキドキしながらハナちゃんを見つめる。

「じ、実は、ハナちゃんに、話があって」

「そっ、そうなんだ？」

何を言われるのかわかったのか、ハナちゃんの顔が赤くなった。

タロくんも自分のほっぺたが熱《あつ》くなっていくのがわかる。

頭が真っ白で、考えていた告白《こくはく》の言葉は何も思いだせないけれど、なんとか口を開く。

「ぼ、ぼく、ハナちゃんのことが……」

そのときだった。

とつぜん、ズボンがぬれる感覚《かんかく》がして、タロくんはおどろく。

見ると、ズボンがぬれて色が変《か》わっている。

(えっ！　も、もしかして、緊張《きんちょう》しすぎてもらした!?)

次の瞬間《しゅんかん》――

タロくんとハナちゃんは、一瞬《いっしゅん》で全身がずぶぬれになったのだった。

○『ロマンチックな公園』にかくされた意味

『信《しん》じる力』というお話でタロくんに片想《かたおも》いをしていたハナちゃんですが、どうやらタロくんもハナちゃんのことが好《す》きなようです。

タロくんもハナちゃんと同じで、修学旅行《しゅうがくりょこう》中に告白《こくはく》しようと考えていたのですね。

ですが、タロくんは緊張《きんちょう》しすぎてもらしてしまったとあわてています。

だとしたら、ハナちゃんの恋心《こいごころ》がさめてしまい、告白《こくはく》は成功《せいこう》しないかもしれません。

ですが、最後《さいご》にふたりともびしょぬれになってしまった理由は、なんでしょう?

それは、ふたりが立っていた場所が噴水《ふんすい》広場だったからです。

この公園がデートスポットとして有名なのは、公園の中央にある広場で、決められた時間になると水がふきだして、みごとな噴水《ふんすい》ショーが見られるためです。

噴水《ふんすい》はコンクリートにあいている小さな穴《あな》からふきだします。

タロくんのズボンがぬれてしまったのは、噴水《ふんすい》が勢《いきお》いよくふきだす前に、ちょっとだけ水が出はじめていて、ズボンにかかってしまったからです。

そして勢《いきお》いよくふきでてきた噴水《ふんすい》で、ふたりは頭からびしょびしょになってしまったのでした。

当然《とうぜん》、タロくんはもらしたわけではありません。

ふたりはびしょぬれになったことで緊張《きんちょう》がとけ、このあと大笑《おおわら》いしたそうです。

結局《けっきょく》、どちらからの告白《こくはく》になったのかはわかりませんが、タロくんとハナちゃんは、無《ぶ》事《じ》カップルになったそうですよ。

Episode

どんな相手でも

パチンと指を鳴らす音がして、オレは目を閉《と》じた。

オレは催眠術師《さいみんじゅつし》だ。

振《ふ》り子を使って、ターゲットにさまざまな暗示《あんじ》をかけることを得意《とくい》としている。

「この振《ふ》り子がゆれるのを見ていてください。あなたはだんだん眠《ねむ》くなる……」

といった具合だ。

今日はテレビ番組の企画《きかく》で、どんな相手でもたちどころに催眠術《さいみんじゅつ》をかけられるのか、という検証《けんしょう》を行うことになった。

オレはこの依頼《いらい》を、ふたつ返事で引き受けた。

催眠術《さいみんじゅつ》の腕前《うでまえ》は超《ちょう》一流だという、自信《じしん》があるからだ。

たとえば筋骨《きんこつ》りゅうりゅうのプロレスラー、まだ言葉を覚《おぼ》えたての小さな子ども、不思《ふし》議《ぎ》な力などあるわけがないと主張《しゅちょう》する科学者。

オレはこれまで、だれが相手でも一切ひるまずに催眠術《さいみんじゅつ》をかけてきたのだ……。
パチンと指を鳴らす音を合図にして、オレは目を開けた。
正面には、催眠術《さいみんじゅつ》をかけるべき相手が立っている。
なんだか、やけにキラキラした衣装《いしょう》を身に着けている男だ。
対するオレは、白衣《はくい》を羽織《はお》っていた。
番組のスタッフが用意した衣装《いしょう》なのだが、どういう意図なのか少しばかり疑問《ぎもん》だ。
まあとにかく、オレは自分の仕事をしなければならない。
オレは持っていた振《ふ》り子を相手の前にかかげ、ゆらゆらとゆらしながらつぶやいた。
「この振《ふ》り子がゆれるのを見ていてください。あなたはだんだん眠《ねむ》くなる……」
すると、撮影《さつえい》をしていたスタッフからどよめきが聞こえた。
客席《きゃくせき》からは拍手《はくしゅ》まで聞こえてくる。
そしてオレの前に立っていた男がうれしそうに笑《わら》った。
「成功《せいこう》したようです！」
男は、まるで自分が主役であるかのように、客席《きゃくせき》に向かっておじぎをした。

「おい。成功《せいこう》って、どういうことだ？」

思わずつめ寄《よ》ろうとしたオレに向かって、男がパチンと指を鳴らす。

ようやくすべてを理解《りかい》したオレは、くやしさのあまりその場にひざをついた。

○『どんな相手でも』にかくされた意味

あなたは「オレ」がどうして最後《さいご》にくやしがったのか、わかったでしょうか。

それは、見事にやられてしまったからなのです。

実は、この物語で催眠術師《さいみんじゅつし》だったのは、「オレ」ではありません。

「オレ」が催眠術《さいみんじゅつ》をかけようとしていた相手こそが、本物の催眠術師《さいみんじゅつし》でした。

そして「オレ」は、テレビ番組側《がわ》が用意した、不思議《ふしぎ》な力などあるわけがないと主張《しゅちょう》する科学者だったのです。

相手の催眠術師《さいみんじゅつし》は、「オレ」こそが催眠術師《さいみんじゅつし》だと思いこむように暗示《あんじ》をかけました。

パチンと指を鳴らす音を合図にして、「オレ」は目を閉《と》じて催眠術《さいみんじゅつ》にかかり、目を開けて催眠術師《さいみんじゅつし》のようにふるまい、最後《さいご》は暗示《あんじ》がとけて自分が何者かを思いだしたのです。

だから、衣装《いしょう》に違和感《いわかん》があったのですね。

この催眠術師《さいみんじゅつし》はまちがいなく、どんな相手でも催眠術《さいみんじゅつ》をかけられるだろうと、「オレ」は認《みと》めるしかありませんでした。

Episode

炎《ほのお》の拷《ごう》問《もん》

フフフ。ウフフフフ。

わたくし、この時間がたまらなく好《す》きですわ。

ゆらゆらとゆれる炎《ほのお》のそばで、アナタたちはなすすべもなく体を横たえているの。

わたくしはアナタたちをひとりずつつまみ上げて、炎《ほのお》の上に置《お》かれた金《きん》属《ぞく》のベッドに寝《ね》かせてさしあげるのですわ。

ベッドはとても熱《あつ》くて、アナタたちはいつも、寝《ね》かされた瞬《しゅん》間《かん》に悲鳴をあげますわね。

ウフフフ。

わたくしはその声が、とても好《す》き。

もっと聞きたくてたまらない。

だから、広いベッドにすきまなくアナタたちを寝《ね》かせていくのです。

熱《ねっ》されたベッドの上で、汗《あせ》をぽたぽたとたらすアナタたち。

ベッドの下の炎《ほのお》にその汗《あせ》が落ちると、炎《ほのお》は勢《いきお》いよく燃《も》え上がるのです。

炎《ほのお》につつまれたアナタたちは、またもステキな悲鳴をあげるのですわ。

ウフフ、ああ……たまりません。

アナタたちの肌《はだ》がじりじりと焦《こ》げていくのを、わたくしは舌《した》なめずりをしながら見守ります。

あたりに広がっていく匂《にお》いをかぐと、ヨダレが出てしまいますわ。

アナタたちはきっと、どうして自分がこんな目にあわなければならないのかと思っていますわね？

その答えを教えてさしあげますわ。

アナタたちはみんな、わたくしのお腹《なか》を満足《まんぞく》させるために存在《そんざい》しているのです。

さあ、もっともっと、熱《あつ》いベッドに寝《ね》かせてあげましょう。

店員さん、同じものを三人前、追加《ついか》してくださるかしら？

○『炎《ほのお》の拷問《ごうもん》』にかくされた意味

炎《ほのお》を使った、とても残《ざん》こくな拷問《ごうもん》が行われていましたね。

しかも「わたくし」は店員に話しかけていましたから、ここは何かのお店のようです。

まさか、お金をはらえば拷問《ごうもん》がゆるされているお店なのでしょうか？

いいえ、そうではありません。

ここはなんの変《へん》てつもない焼《や》き肉店です。

「わたくし」がアナタたちと呼《よ》んでいたのは、すべて肉のことでした。

熱《ねっ》された金属《きんぞく》のベッドとは、肉を焼《や》くアミのこと。

アミに肉を置《お》くとじゅうっといい音がしますが、「わたくし」はこれを悲鳴と表現《ひょうげん》していたのです。

焼《や》き肉をこんなふうに楽しむ人は、ちょっとめずらしいでしょうね。

Episode

双子《ふたご》の姉妹

美しい双子《ふたご》の姉妹がいた。
姉の名前はスノウホワイト、妹の名前はブラックウィッチ。
とても似《に》ているふたりだけれど、名前の通り見た目の印象《いんしょう》がまったくちがう姉妹だ。
姉は、白雪姫《ひめ》のようにかれんで美しいとほめられた。
妹は、黒い魔女《まじょ》のようにセクシーで美しいとほめられた。
姉妹が並《なら》んで立つと、ふたりを見た人たちはどちらが美しいのかをよく話しあった。
「スノウホワイトの愛《あい》らしさにかなう者はいないよ」
「ブラックウィッチの華《はな》やかさはすばらしいよ」
姉妹はそんな言葉を気にしたりはしなかった。
ふたりは、自分たちの幸せのありかたを考えるのが好《す》きだった。
やがて、姉妹はべつべつの道を進むことになった。

はなればなれになってしまうのはさびしかったけれど、ふたりとも自分たちがなんのために生まれたのかは、ちゃんとわかっていた。

だから、いつかはこんな日が来ると知っていたのだ。

「さようなら、ブラックウィッチ。幸せになってね」

「さようなら、スノウホワイト。あたしたち、うんと幸せになりましょう」

姉妹はおたがいの幸せをねがって、わかれた。


そして百年の時が流れた。

もう二度と会うことはないだろうと思っていたふたりだが、運命のいたずらなのか、とある工場でまた会うことができた。

ふたりは再会《さいかい》をよろこび、おたがいがボロボロになっているのを見て、ほほえんだ。

姉のスノウホワイトは、この百年についてこう話した。

「わたし、お屋敷《やしき》でお世話になっていたの。娘《むすめ》さんの結婚式《けっこんしき》に出たあとは長いこと眠《ねむ》っていたけれど、娘《むすめ》さんのお子さんが大きくなって結婚《けっこん》をするときに、また結婚式《けっこんしき》に出たわ」

「それから、また長いこと眠《ねむ》って、娘《むすめ》さんのお子さんのお子さんが大きくなって結婚《けっこん》をするときに、もう一度結婚式《けっこんしき》に出たのよ」

「だけど、次の結婚式《けっこんしき》に出るにはもう古くなってしまったから、わたしはここで、生まれ変《か》わるんですって」

幸せそうに話す姉に、妹のブラックウィッチもこの百年について語る。

「あたしは、たくさんのお客さんが来るお店にいたの。お客さんはみんな、あたしを見ると目をかがやかせてくれた」

「たくさんのお客さんと一緒《いっしょ》に、たくさんのパーティーに出たわ。眠《ねむ》ってるひまがないくらい、あちこちに連《つ》れていかれたの。あたし、たくさんの人を笑顔《えがお》にしたわ」

「だけど、もうすっかり古くなってしまったから、あたしはここで、生まれ変《か》わるの」

幸せそうに話す妹に、姉のスノウホワイトはほうっとため息をついた。

「すてきね。幸せそうでよかったわ、ブラックウィッチ」

「スノウホワイトも、とっても幸せそうでうれしいわ」

ふたりがつかんだ幸せは、それぞれちがった形だ。

けれど姉妹は、どちらもすばらしく幸せなことだと、ちゃんとわかっていた。
やがてふたりは、またはなればなれになった。
工場で生まれ変《か》わったふたりの姿《すがた》は、もう双子《ふたご》のようには見えない。
きっと、もう再会《さいかい》することもないだろう。
それでもスノウホワイトとブラックウィッチは、幸せだった。

○『双子《ふたご》の姉妹』にかくされた意味

姉のスノウホワイトと、妹のブラックウィッチ。

双子《ふたご》の姉妹ということですが、彼女《かのじょ》たちは百年たって再会《さいかい》しました。

ということは、ふたりは人間ではありませんね。

このふたりは、とても美しいドレスなのです。

スノウホワイトは真っ白なドレスで、ブラックウィッチは真っ黒なドレス。

どちらもデザインは同じですが、色だけがちがったのです。

ショーウィンドウにならんでいたふたりは、それぞれ別《べつ》の人間のもとに行きました。

スノウホワイトはとあるお屋敷《やしき》の主人に買われ、娘《むすめ》の結婚式《けっこんしき》、孫《まご》の結婚式《けっこんしき》、ひ孫《まご》の結婚《けっこん》式《しき》と、三人のウエディングドレスとして着てもらうことになりました。

一生に一度のすばらしい一日を自分とすごしてもらえること、そして三代の結婚式《けっこんしき》に出て一家の成長《せいちょう》を見守れたことに、スノウホワイトは満足《まんぞく》しています。

一方のブラックウィッチは、レンタルドレス屋さんの店主に買われました。

お店には毎日いろんなお客さんがやって来て、パーティーにぴったりの一着を借《か》りていくのです。

ブラックウィッチはたくさんのお客さんに借《か》りられ、たくさんのパーティーに出て、たくさんの人を美しく着かざりました。

そのことに、ブラックウィッチも満足《まんぞく》しています。

ふたりはとても上質《じょうしつ》な布《ぬの》で作られたドレスでしたが、百年もたつとさすがに古くなってしまいました。

そこでふたりは、リメイク工場に送られたのです。

スノウホワイトはぬいぐるみの服に、ブラックウィッチは子ども服に、それぞれ作り直されました。

生まれ変《か》わったふたりは、姿《すがた》が変《か》わってもきっと、それぞれの幸せを感じながらすごすことでしょう。

Episode

メッセージ

私《わたし》は、魔女《まじょ》を忘《わす》れられずにいた。

魔女《まじょ》が最後《さいご》に見せたさびしそうな笑顔《えがお》を思いだすと、胸《むね》が痛《いた》くなる。

これまで魔女《まじょ》は、いったいどれだけの鐘《かね》を鳴らし、どれだけの人間に忘《わす》れられてきたのだろう。

だけど、私《わたし》はまだ彼女《かのじょ》をおぼえている。

次に会えば忘《わす》れてしまうから、もう会うことはできないのかもしれない。

でも私《わたし》は、魔女《まじょ》にどうしても伝《つた》えたいことがある。

何日か悩《なや》んだあげく、私《わたし》は心に決めた。

今まで書いてきた原稿《げんこう》をすべて消して、まったく新しい原稿《げんこう》を一から書くのだ。

十一月に発売する3分間ミステリーシリーズの本の内容《ないよう》を、今から書き直す。

原稿《げんこう》を書き終えなければいけない日まで、もう一週間もない。

だから私《わたし》は、集中してパソコンに向かった。
幸い、私《わたし》が一から考えなければいけないことなど、ほとんどない。
書くことはもう決まっているのだ。

——ここまで書いて、たった今気づいたことがある。
私《わたし》がこの本の最初《さいしょ》に載《の》せた物語、『涙《なみだ》の理由』についてだ。
あれはやっぱり、本当に予知夢《よちむ》なのだろう。
もうすぐ、あの夢《ゆめ》が現実《げんじつ》になる。
だけどそのときに私《わたし》が流すのは、けっして絶望《ぜつぼう》の涙《なみだ》ではないはずだ。

『メッセージ』にかくされた意味

私《わたし》は、この本の著者《ちょしゃ》です。

今あなたが読んでいる「かくされた意味に気がつけるか？　3分間ミステリー　時渡《ときわた》りの鐘《かね》」に収録《しゅうろく》されている物語は、一度書いたものをすべて消して、一から書き直したものでした。

せっかく書いたものを消して新しい原稿《げんこう》を書くなんて、私《わたし》はどうしてこんなことをしたのでしょうか。

それは、魔女《まじょ》にメッセージを送るためです。

魔女《まじょ》は3分間ミステリーシリーズのファンですから、この本が発売すれば絶対《ぜったい》に読んでくれることでしょう。

実は、この本に収録《しゅうろく》した物語はすべて、カフェで魔女《まじょ》から聞いた話ばかりです。

彼女《かのじょ》が読めば、私《わたし》が魔女《まじょ》を忘《わす》れていないとすぐにわかるはずです。

私《わたし》がまだ友だちだと思っていることが、どうか魔女《まじょ》に伝《つた》わりますように。

そして、この本を読んだあなたは、魔女《まじょ》の存在《そんざい》を知ってくれたはずです。

その事実が、だれとも深くかかわりあえずに生きる魔女《まじょ》のさびしさを、少しでもやわらげられたらいいと私《わたし》は思っています。

さて、これを書いている私《わたし》は、まだこの本を手に入れられていません。

ですが、最後《さいご》のページまで書き終えて出版社《しゅっぱんしゃ》に原稿《げんこう》を送れば、やがて本は完成《かんせい》するはずです。

本屋さんにならぶ前に、私《わたし》の手元には少し早くこの本が届《とど》くことでしょう。

そのとき、私《わたし》は本が完成《かんせい》したうれしさに、うっとりするはずです。

それから、表紙カバーに描《か》かれた少女を見て、再《ふたた》び魔女《まじょ》に会えたよろこびで胸《むね》がいっぱいになり、うれし涙《なみだ》を流すのです。

最後《さいご》に、魔女《まじょ》のことを知ってくれたあなたにお願《ねが》いです。

いつかあなたの前にも、自分は魔女《まじょ》だという少女があらわれるかもしれません。

もしかしたら、少女ではなく大人《おとな》の姿《すがた》をしているかもしれませんし、猫《ねこ》や鳥に変身《へんしん》している可能性《かのうせい》もあります。

なにせ、魔女《まじょ》は自由に姿《すがた》を変《か》えられるそうですから。

とにかく、もしもあなたが、幸運にも魔女《まじょ》に出会うことができたなら。

ぜひ、たくさん話をして友だちになってあげてください。

きっと魔女《まじょ》はよろこびます。

でも、直接《ちょくせつ》会うのは四回までですよ。

鐘《かね》が鳴った回数を忘《わす》れないよう、どうか気をつけてくださいね。

Author＝Hinako Meguri

Illust＝SiNA

恵莉ひなこ

シナリオライター、小説家、脚本家として活動中。ゲームや音声作品に多く携わる。最近はとあるカフェで誰かを探していることが多い。

SiNA

イラストレーター、ユニット「空知らぬ雨」として活動中。絵を描き歌を歌う。猫と文鳥に振り回される日々を送っている。

かくされた意味に気がつけるか？

3分間ミステリー

時渡りの鐘

Can you notice

the hidden meaning?

3 minutes mystery

発行　2024年11月　第1刷

著者：恵莉ひなこ

発行者：加藤裕樹

編集：大塚訓章

発行所：株式会社ポプラ社

〒141-8210 東京都品川区西五反田3-5-8

JR目黒MARCビル12階

ホームページ www.poplar.co.jp

印刷・製本：中央精版印刷株式会社

編集協力：株式会社エレファンテ

カバー・本文デザイン：杉山 絵

ISBN978-4-591-18371-7　N.D.C.913　191P　19cm　Printed in Japan

P4900391